MARION DES SALINS

DU MÊME AUTEUR

Le Berger d'ombres, contes (Luneau Ascot, 1980).
Le Festin des mouettes, nouvelles (Arcantère, 1989).
Le Jardin d'argile, roman (Le Cherche-Midi, 1997), Prix Antigone.
Le Crime des hautes terres, roman (Presses de la Cité, 2001).
La Fiancée du santonnier, roman (Presses de la Cité, 2002).
Le Maître des roseaux, roman (Presses de la Cité, 2003).

OUVRAGES SUR LA PROVENCE

Les Alpilles, bibliophilie, avec seize lithographies de Jean-Claude Quilici (Les Editions européennes du Prado, 1991).
Marseille aux cent visages, photographies de Pedro Hernandez (Du Perron, 1992).
Le Cabanon, photographies de Camille Moirenc (Jeanne Laffitte, 1994).
Gens de provence, anthologie (Omnibus, 1997).
Marseille vous souhaite la bienvenue, photographies de Christian Crès (EEMP, 1998).
Provence (EEMP, 1999).
La Crèche et les santons de Provence (Aubanel-La Martinière, 2000).

POÉSIE

Chasseur de mémoire (Le Cherche-Midi, 2001).
Jardins ou peut-être jardin (Alain Benoît, 2003).
Le manteau de Circé (Le Taillis Pré, 2003).

MONOGRAPHIE

Briata (Edisud, 2002).

Grand Prix littéraire de Provence 1994 pour l'ensemble de l'œuvre.

Jean-Max Tixier

MARION DES SALINS

Roman

Production Jeannine Balland
Romans Terres de France

PRESSES DE LA CITÉ

ISBN 2-258-06471-6

Marion des salins *est une fiction où tout est délibérément inventé. Toute ressemblance avec des personnages actuels ou ayant existé serait purement fortuite.*

PREMIÈRE PARTIE

La saunaison

1

La barque glissait sans secousses sur la mer étale parcourue de faibles ondes paresseuses. L'eau, transparente près de la côte, virait au bleu soutenu en s'éloignant au large. Pas un nuage n'altérait le ciel d'azur limpide. Cette paix, cette harmonie, à peine troublées par le bruit régulier des rames, rien ne semblait pouvoir les briser. Elles s'étaient établies sur terre pour régner. Aux yeux de Vincent Capelli, elles offraient l'image fidèle du paradis. En tout cas, tel qu'il se l'imaginait à cet instant puisqu'il n'avait jamais ressenti pareille sensation de bonheur.

Tandis qu'il tirait sur les rames, il regardait Marion Figuières. Assise sur le banc, face à lui, elle ne parlait pas. Un air d'absence se peignait sur son visage. Elle souriait. A qui ? A quoi ? Il l'ignorait. Il refoulait les questions dictées par une jalousie sans objet. Marion n'était pas sa promise. Il ne s'était pas encore déclaré. Elle ne lui appartenait pas. Il n'avait aucun droit sur elle. Il suffisait qu'elle soit là, dans la barque, avec lui, pour qu'il soit heureux.

Lorsqu'il avait proposé cette promenade, la jeune fille avait accepté avec joie. Le cœur du garçon avait battu plus vite. La voir contente le comblait. Quand elle riait, son visage s'illuminait. Il fondait littéralement sur place en la regardant. Il n'existait au monde rien de plus beau ni de plus émouvant.

En ce mois de juin 1910, Marion avait seize ans ; Vincent, dix-huit. Ils se fréquentaient depuis toujours. Une amitié d'enfance, cimentée par le voisinage, les unissait. Leurs familles habitaient le même quartier, distant de plusieurs kilomètres du centre-ville. Un hameau composé de maisons de pêcheurs, de journaliers agricoles, d'ouvriers travaillant aux salins. Un pauvre lieu fait pour de pauvres gens. Mais ceux-ci se croyaient riches d'un royaume qu'aucune puissance ne leur déroberait jamais.

Le soleil brillait généreusement sur ces abris souvent vétustes, rendus insalubres par la proximité des marais infestés de moustiques. Il en atténuait le caractère sordide. Quelques plants de tamaris et des lauriers-roses agrémentaient les abords. Les fleurs poussaient en toutes saisons. Vers janvier, février, les mimosas éclataient dans la campagne. La chaleur et la lumière rendaient supportable une condition qui, sous des cieux moins cléments, eût été pénible. Ici, au plus noir de la misère, la beauté survivait par miracle. Le mauvais sort n'emportait pas tout espoir. On pouvait être pauvre sans être malheureux.

Marion était une jolie brune au teint hâlé, avec un visage ovale posé sur un long cou. Elle avait les yeux verts, un nez droit aux narines un peu écartées, la bouche charnue, bien dessinée. Une fine coiffe de dentelle retenait son opulente chevelure noire dont les mèches débordaient par endroits. Vincent aurait aimé qu'elle la libère pour lui seul et qu'elle coule, avec la fluidité d'une onde, sur ses épaules et dans son dos. Sans doute descendait-elle jusqu'aux reins. Il refrénait son émoi en évoquant cette image d'un puissant érotisme.

Il imagina cette vague et, soudain, il la vit nue, flamme de chair vive dressée devant lui, fascinante et lointaine, dont son esprit ne se détachait pas. Il ferma les yeux, comme si la passagère pouvait lire dans son regard les pensées trop hardies qui l'animaient.

Marion perçut, en effet, le trouble de Vincent. Une sorte de sixième sens l'alerta. Les mains de celui-ci tenaient les avirons immobiles. Ils traînaient dans l'eau, sans contrôle. La barque n'avançait plus. Quand Vincent souleva les paupières, son regard fixe la traversa pour se perdre dans une région mystérieuse, peuplée de ses fantasmes. Il eut honte des images qui le tourmentaient.

Le phénomène dura une seconde. Ce laps de temps suffit à Marion pour comprendre que quelque chose ne tournait pas rond chez son ami.

— Tu es fatigué ? demanda-t-elle innocemment.

Au son de sa voix, Vincent retomba dans la réalité.

— Moi, fatigué ? bredouilla-t-il avec le ton d'un

dormeur tiré des profondeurs du songe. Pourquoi serais-je fatigué ?

— Je ne sais pas. Tu t'es arrêté de ramer.

— Ah !

Il ne sut quoi répondre. Il se sentait bizarrement coupable. Il rougit. Comment avouer à Marion qu'elle hantait ses pensées, qu'elle éveillait en lui des désirs d'une force inconnue, des images inspirées du démon ? C'était si fort que, quelquefois, il était près de défaillir. D'autres fois, une fougue sauvage s'emparait de son sang et il éprouvait le plus grand mal à la juguler.

La présence de Marion lui inspirait une gêne délicieuse. Il la recherchait sans cesse, mettant tout en œuvre pour jouir de sa compagnie. Il regrettait néanmoins leur connivence passée, lorsqu'ils étaient enfants. La simplicité, le naturel de leurs relations d'autrefois, cette innocence qui les protégeait encore d'eux-mêmes lui manquaient. Hélas ! Ils ne reviendraient plus. C'était comme s'ils avaient perdu le paradis. Un âge d'or s'éloignait, emporté par le temps.

Aucun changement ne se manifestait dans le comportement de Marion. Il s'en étonnait. Ne comprenait-elle pas la cause de son trouble ? Ne voyait-elle pas qu'il s'efforçait, non sans maladresse, de dissimuler qu'il l'aimait, qu'il ne pouvait vivre sans elle ? Vincent cherchait en vain un signe montrant que Marion devinait ses sentiments, qu'elle en était flattée et les approuvait.

Une idée terrible traversa l'esprit de Vincent : et si elle refusait exprès de voir afin de ne pas entrer dans son jeu ? Si elle se méfiait de pièges qu'elle supposait tendus pour la capturer ? Voilà ! Inutile de chercher plus loin. Elle fermait les yeux et ne soufflait mot, pour se protéger.

A quarante-deux ans, Eugène Figuières accusait son âge. Il en paraissait dix de plus. Ses cheveux et sa barbe commençaient à blanchir. Au fur et à mesure qu'il perdait ses illusions, de nouvelles rides creusaient de fins sillons dans sa peau tannée par le soleil et corrodée de sel. Macérer dans la saumure pendant des années n'arrangeait pas un homme. La mer se vengeait ainsi du bien qu'il lui volait. Elle le solidifiait et l'emplissait d'amertume.

Depuis des siècles, les hommes détournaient ses eaux pour en extraire l'or blanc, les gemmes sans lesquelles l'existence perdrait sa saveur. Plaques arrachées au sol, poudre, raffinée ou non, gros grains ou fleur cueillie à la surface de la première croûte, partout, on voulait du sel. Partout, on le transportait, le vendait, l'échangeait. On se battait, quelquefois, pour en avoir. Il servait à tout, assaisonner les aliments, les conserver, exercer une pression sur les peuples, et même motiver la gabelle, un impôt des plus injustes.

Eugène s'enorgueillissait de ces choses. Sans le travail de ses semblables, il n'y aurait pas de sel. La précieuse substance n'était pas seulement prise à la mer. Elle était extraite de sa sueur et de ses larmes. Elle constituait une part de son être. Il continuait la tradition familiale sans la remettre en question, parce qu'il y trouvait son compte et ne concevait pas meilleur état que le sien.

Il marchait d'un pas tranquille sur un chemin de terre, près du rivage. A droite, la plage mêlait sable et cailloux avec, par endroits, des paquets d'algues en longs rubans vert sombre. A gauche, des roseaux étendaient un rideau protecteur devant les pins aux troncs tourmentés par les vents. Au bout de leurs cannes flexibles s'attachaient des feuilles effilées. Eugène suivait une ligne de frontière, entre les deux versants de sa vie.

Certains arbres, rompus par le mistral, gisaient à terre, pareils à de grands cadavres couverts d'écailles brunes. Personne ne les enlevait pour favoriser les nouvelles pousses. Les gens du voisinage s'approvisionnaient gratis en bois. Les propriétaires négligeaient de surveiller leur patrimoine forestier, qui ne rapportait pas assez. On se chauffait et on cuisinait au bois, avec ce qu'on ramassait. Le charbon coûtait cher.

Quand Eugène arriva à l'embouchure du Gapeau, il descendit les marches taillées dans la pente jusqu'au quai. La rivière formait un diverticule assez large pour y mouiller des embarcations. Il s'agissait de quelques pointus destinés à la pêche. Ventre renflé, proue fièrement érigée, ils se balançaient avec mollesse au bout du cordage. Les coques bleues ou blanches, soulignées de bandes rouges ou jaunes, se miraient dans l'eau claire animée de reflets.

La mer n'était pas ingrate. Les fonds rocheux et sablonneux offraient une grande variété de poissons.

Les femmes des pêcheurs montaient les vendre à la vieille ville. Les invendus constituaient la base de l'alimentation. On les mangeait frits, en soupe, ou bouillis, avec de la tomate, de l'oignon, de l'ail, et des pommes de terre coupées en larges rondelles.

Les hivernants raffolaient de ces plats rustiques dégustés dans la cabane du pêcheur ou, par beau temps, sur le rivage. Un condensé de couleur locale frissonnait dans le chaudron posé sur le feu de bois. Ils entendaient mijoter le bouillon tandis que s'en échappait une vapeur odorante.

Les autochtones se gaussaient sans méchanceté de ces étrangers qui faisaient bien des manières pour une nourriture de pauvres. Comme ils payaient bien, les pêcheurs jouaient le jeu. Une dose généreuse de galéjades corsait le repas, les chansons suivaient, pas toujours correctes. Ce n'était pas le moindre attrait de ces réunions improvisées, à la bonne franquette.

Eugène Figuières aperçut son ami Barnabé. A sa place habituelle, assis à même le sol, pieds nus, il ravaudait les filets qui séchaient le long du quai. Barnabé glissait l'orteil entre les mailles pour tenir le filet bien tendu. A l'aide d'une navette manœuvrée avec une grande dextérité, il réparait les trous. Une besogne fastidieuse, à recommencer chaque jour. Il ne se dépêchait pas. Ses gestes étaient précis, mesurés, réguliers, efficaces. Un certain fatalisme présidait à cette tâche. Demain, dans une semaine, dans deux ans, plus si Dieu lui prêtait vie, il ravauderait encore les filets, comme aujourd'hui, sans doute à la même place.

Chacun à sa manière, Eugène et Barnabé vivaient de la mer. Elle assurait leur subsistance. Le premier était saunier, comme son père ; le second, pêcheur comme le sien. Un savoir, une expérience, une tradition, transmis de père en fils. Une chose les différenciait, pourtant. La succession de Barnabé était assurée par l'aîné des Capelli, Vincent, qu'il initiait au métier depuis l'âge de quatorze ans. Il pouvait compter sur l'aide de deux autres fils, plus jeunes. Eugène, lui, n'avait engendré qu'une fille, Marion, et le déplorait.

Il s'approcha.

— Alors, plaisanta-t-il, tu as encore ramené un requin ?

— Foutu boulot ! grommela Barnabé. Tu répares d'un côté, ça fout le camp de l'autre !

Eugène resta debout à observer en silence les doigts agiles de son ami. Il se sentait las. S'il s'asseyait, il n'aurait pas la force de se relever.

Barnabé désigna du menton la bouteille de vin dans le « banaston », enveloppée d'un linge humide.

— Si tu veux boire un coup, te gêne pas.

— Non, dit Eugène.

Barnabé haussa les sourcils.

— Tu vas pas bien, mon pauvre.

— Ouais, ça se pourrait.

Une violente altercation l'avait opposé, dans la journée, au contremaître Luigi Vulcani. Celui-ci l'avait menacé. Eugène risquait sa place pour s'être emporté. Le Sicilien se conduisait durement avec les ouvriers. Jaloux de son autorité, il en abusait. Le gaillard était costaud, ombrageux, querelleur. Comme il savait mener les hommes, et obtenait des résultats, les patrons fermaient les yeux. Eux s'intéressaient au rendement, pas aux rapports humains.

Eugène sortit un paquet de sa besace.

— Tiens, dit-il, je t'ai apporté ça. Tu vas pouvoir préparer tes anchois.

— Merci, dit Barnabé. Mets-le dans le banaston.

Il hocha la tête d'un air navré.

— Prends garde ! A force de dérober du sel à la barbe de Luigi, tu vas te faire pincer.

— Tout le monde le fait.

— Oui, mais toi, tu exagères. Tu n'échapperas pas toujours à la vigilance des douaniers.

Eugène se contenta de hausser les épaules.

— Bah ! Ce n'est pas du premier choix que je t'offre. Ce sont des criblures.

Quand on tamisait le sel, les grains fins passaient au travers du crible. Le résidu constituait les criblures, vendues à vil prix. Le risque n'en était pas moins réel. Eugène aurait dû, comme la plupart de ses camarades, se satisfaire de la quantité offerte chaque année par la direction.

— N'empêche, s'entêta Barnabé, pointilleux sur l'honnêteté, c'est un larcin.

Il accepta néanmoins le cadeau. Pour ne pas être en reste, il dit :

— J'ai quelques poissons dans la cabane. Des bogues, des girelles, des vives, le reste de la pêche de ce matin. Prends ce qui te convient.

Il s'agissait d'un troc entre amis. Barnabé cessait par ce geste d'être débiteur. L'échange suppléait le manque d'argent chronique, grâce à lui les petites gens s'en sortaient un peu mieux. Une économie souterraine s'organisait, au gré des amitiés et des opportunités. Les pièces d'or, c'était pour la poche des bourgeois et des aristos.

Vincent regardait tantôt Marion tantôt les îles bornant l'horizon. Porquerolles, Port-Cros, le Levant, jusqu'à la pointe de Brégançon, baignaient dans une lumière d'or. Leur beauté ne surpassait pourtant pas celle de la jeune fille. Il n'était pas possible de rivaliser avec elle. Rien n'existait de comparable à Marion.

Il aurait voulu prolonger cette promenade éternellement. Ils glisseraient ensemble dans la vie, avec sérénité, comme à présent sur ces eaux calmes et limpides, et le ciel refléterait l'image de deux jeunes amants à jamais unis...

Hélas ! ce n'était qu'un rêve. Dans quelques minutes, ils accosteraient. La vie reprendrait son cours, avec ses peines, ses servitudes, ses déceptions. Marion le remercierait d'un chaste baiser sur la joue et elle repartirait de son côté, insouciante. Lui, il garderait sur la peau la chaleur de ses douces lèvres.

Vincent accéléra la cadence. Le bruit saccadé des rames frappant le flot martela le silence.

— Qu'est-ce qui te prend ? fit Marion, brusquement tirée de sa somnolence. Tu fais la course ?

— Je vais me faire tirer les oreilles par le vieux si je ne ramène pas la barque à l'heure...

Il l'avait donc prise sans l'accord de son père. Bravant les foudres paternelles, il n'avait pas demandé l'autorisation, par peur d'un refus. Que n'aurait-il fait pour complaire à Marion ? Elle adorait les balades en mer.

Barnabé avait trouvé l'emplacement vide en arrivant au port. Il ne plaisantait pas avec les instruments de travail. Il s'agissait encore d'une lubie de son garçon. Ce bon à rien n'en faisait qu'à sa tête et il l'avait pleine de vent.

Barnabé vit la barque franchir la passe. Abandonnant ses filets, il se leva prestement. Mains sur les hanches, l'air furieux, il attendit l'accostage.

2

Marion devait son amour des salins à son grand-père maternel, Joseph Vignal, vieillard long comme un roseau. Joseph avait travaillé toute sa vie dans les salins. Il avait dû y renoncer par la force des choses, à contrecœur. Victime d'une attaque cérébrale, il végétait depuis, assis dans un fauteuil, face au vide des jours. Il se languissait de la mort comme d'une délivrance qui tarde à venir.

Au lieu de maugréer contre les conditions de vie difficiles imputables au métier de saunier, Joseph Vignal soutenait que c'était le plus beau du monde. Il éprouvait pour le sel une vraie passion. Il s'était efforcé de la transmettre à sa petite-fille avant que la vieillesse et la sénilité ne l'en rendent incapable. Sa mémoire, intacte avant son accident, fourmillait d'anecdotes, de détails, qui émergeaient encore dans ses rares moments de lucidité. Autrefois, il parlait de ce qu'il aimait avec conviction, enthousiasme, science. Il collectionnait les objets, les témoignages qui s'y rapportaient. Marion s'étonnait quelquefois qu'il n'écrivît pas un livre. Elle prononçait le mot « livre » avec un grand respect, consciente d'évoquer une réalité inaccessible, quelque chose de sacré.

Une nuance de regret traversait le regard de l'aïeul.

« Je ne saurais pas le faire, petite. »

Un sourire navré accompagnait ces paroles.

« Avec tout ce que tu sais, grand-père ? s'étonnait la fillette.

— Je ne suis pas un monsieur, moi. Je n'ai pas fait d'études. Je sais à peine lire, alors écrire...

— Ce n'est pas juste.

— Qu'est-ce qui est juste, qu'est-ce qui ne l'est pas ? Dieu seul le sait. Il faut prendre la vie comme elle vient, petite, sinon on souffre beaucoup.

— Je ne veux pas souffrir.

— On ne choisit pas. A chacun son lot de misères. »

Enfant, Marion écoutait pendant des heures son grand-père raconter les salins. Ces histoires l'émerveillaient. Les mots trouvaient un écho au plus profond de son être. Ils éveillaient des choses qui gisaient en elle à l'état latent. C'était mystérieux et fascinant, pareil à la transmutation des eaux transparentes de la mer en fines particules solides, brillantes, mais prêtes à fondre à la première ondée, et qu'il fallait sans cesse protéger.

Joseph Vignal, sans appartenir aux Compagnons du Devoir, se sentait animé par le même esprit. Il avait quitté la demeure paternelle à quatorze ans pour partir seul sur la grand-route, son balluchon sur l'épaule. Son courage, sa volonté, la force de ses bras constituaient son viatique. Un homme a-t-il besoin d'autre chose ? Avec ce bagage, il va où il veut. Il est libre.

Joseph avait suivi à pied la côte méditerranéenne d'est en ouest. Il s'arrêtait dans les exploitations de sel pour chercher de l'embauche. Si on l'acceptait, il restait le temps nécessaire, parfois plusieurs mois. Dans le cas contraire, il vivait d'expédients. Le travail ne manquait pas dans les fermes, même si les paysans se montraient pingres et circonspects. Les vignes, qui produisaient de grandes quantités d'un vin médiocre, le pinard dont l'armée s'abreuvait, demandaient beaucoup de main-d'œuvre.

Joseph n'avait pas entamé ce voyage à la légère. Il s'y était préparé mentalement, glanant le plus de renseignements possible sur son itinéraire. Il possédait une carte de la région et un petit pécule en cas d'urgence. N'appartenant à aucune association, il ne comptait que sur lui-même. A cet âge, on ne doute de rien. Joseph se sentait de taille à affronter les dangers. Il savait ce qu'il voulait et comment l'obtenir. Il n'avait jamais regretté l'aventure.

Depuis la plus haute antiquité, les étangs du littoral méditerranéen avaient vu se développer la culture du sel. L'espace salinier s'étendait de Canet, dans le Roussillon, à Hyères. La région de la Salanque lui devait son nom, et maints villages, comme Salses ou Saleilles. L'étang de Thau avait jadis alimenté de nombreux salins. S'égrenaient Maguelone, Mauguio, Peccais, proches d'Aigues-Mortes, le delta de Camargue. L'exploitation de la plupart avait cessé depuis longtemps à cause de problèmes économiques ou politiques, quelquefois par désaffection, procès, faillites. Il en restait assez en activité pour que Joseph Vignal pût accomplir son voyage initiatique avec profit.

Sans le savoir, il allait dans le sens de l'histoire. En ce milieu du XIXe siècle où il effectuait son périple, les salins du midi de la France bénéficiaient d'une renaissance surprenante qu'on espérait durable. Ils représentaient un espoir pour la région, qui tentait de se diversifier afin de compenser ses handicaps naturels. On pouvait craindre toutefois, selon un mouvement dont se dessinaient les prémices, que ce regain d'activité, s'ajoutant à l'urbanisation et au développement de petites industries, n'accentue l'opposition, déjà sensible, entre le littoral et l'intérieur des terres.

« Vois-tu, petite, disait Joseph à Marion, nous autres, les saliniers de la mer, nous sommes à la fois des agriculteurs, des mineurs et des marins. Nous préparons chaque année la saison de la récolte, comme un paysan plante du blé ou du seigle, le regarde croître et mûrir, jusqu'au moment de la moisson. Comme le mineur extrait le minerai et l'achemine vers ceux qui le transportent vers les usines, nous extrayons le sel, nous le préparons, nous le protégeons des intempéries. Enfin, nous sommes gens de la mer. Nous travaillons grâce à elle, avec elle, parfois malgré elle. Nous sommes à la merci de ses colères. Une tempête suffit à ruiner des mois de travail. Tu imagines de grandes rafales de vent soufflant sur les tas de fine poudre ! Le trésor s'envolerait, si nous n'y prenions garde. Il ne resterait que les yeux pour pleurer.

— Tu as beaucoup pleuré, pépé ? interrogeait l'enfant.

— Plus souvent qu'à mon tour ! Mais ce sont des choses dont on ne doit pas parler.

— Pourquoi ? »

Il caressait tendrement la tête de la fillette.

« Il faut les garder pour soi, dans son cœur. Parce que c'est secret, et pour éviter de causer du chagrin aux petites filles. »

Ce temps était révolu. A présent, Joseph se taisait. Il s'exprimait rarement, avec beaucoup de difficultés. On comprenait mal ses propos. Il fallait interpréter. Frappé de mutisme, pétrifié par la perte des mots, l'infortuné survivait dans un désespoir incommunicable. Personne, dans son entourage, pas même Sidonie, sa propre fille, ne mesurait sa détresse.

La présence de Joseph au sein de la famille constituait un fardeau. Le vieux gênait. Ses proches attendaient avec impatience que la nature accomplisse son office. Quand tout se déglinguerait enfin dans ce corps devenu inutile, que cette bouche de trop se refermerait à jamais, on respirerait mieux.

Marion n'écoutait plus depuis longtemps les radotages du grand-père. Elle avait l'insolence et la cruauté de ses seize ans. Elle partageait la jeunesse du nouveau siècle, commencé voilà dix ans, riche de promesses. D'autres intérêts la sollicitaient, à présent. Elle voulait vivre pleinement cette époque libre et joyeuse, qu'on nommerait plus tard la Belle Epoque – quoiqu'elle ne le fût pas pour tout le monde, à commencer par les Figuières, qui trimaient comme des baudets.

On aurait pu croire la jeune fille affranchie de ce qui avait constitué sa vie jusqu'à l'adolescence. Rétrospectivement, elle méprisait les longues heures passées à discuter avec Joseph. Comment avait-elle pu s'intéresser à ces bavardages ? Elle ne se rendait pas compte combien cela l'avait marquée. Si elle allait si souvent aux salins, si elle aimait les vastes étendues saumâtres, et jusqu'à l'odeur de vase qui en émanait à la tombée du soir, elle le devait à l'empreinte invisible laissée par Joseph. Parole après parole, le vieux lui avait instillé sa passion.

Quand les années se seraient écoulées et que Marion aurait terminé sa phase d'insouciance et de désinvolture, elle éprouverait le désir de retourner sur ses pas, comme tant d'autres avant elle. Joseph Vignal serait mort et enterré depuis longtemps. Peut-être serait-elle la dernière à conserver encore de lui une vague image. Elle repenserait à sa fin de vie lamentable. A condition d'y bien réfléchir, elle aurait quelque chance de comprendre. Le mal qui rongeait Joseph ne résultait pas seulement de l'attaque cérébrale qui l'avait transformé en légume, mais aussi d'événements antérieurs qu'elle ignorait encore.

En évoquant son travail des salins, le vieil homme semblait ressasser des souvenirs embellis. En fait, il les utilisait pour recouvrir des choses secrètes, enfouies dans sa mémoire, condamnées à disparaître avec lui. Il dissimulait la blessure d'un homme fuyant son passé à l'approche de la mort. Ceux qui pouvaient en avoir eu vent avaient déjà quitté cette terre. Personne ne restait pour témoigner. Cependant, les derniers mois de sa vie, il ne se contrôlait plus. Il ne savait pas ce qu'il disait. Des choses étranges passaient dans ses propos. Il tournait autour d'une énigme.

Sa descendante aurait-elle la finesse de deviner l'existence de ce secret, la volonté de le percer malgré l'absence d'indices ? Seul le hasard la mettrait sur la piste. Mais le hasard ressemblait à la chance : il fallait les reconnaître quand ils se présentaient. L'éclair avait frappé le cerveau de Joseph avant qu'il ait pu se confier, qu'il en ait eu même l'intention. Comme pour l'en empêcher. On pouvait interpréter cela comme un arrêt du destin. Un trait était tiré sur cette obscure histoire.

Une salve de remontrances accueillit Vincent. L'autorité paternelle de Barnabé Capelli était en jeu. Il menait son garçon rudement, histoire de l'armer pour affronter l'existence ingrate d'un pêcheur. Pour atteindre ce but, il en rajoutait, il forçait la dose, à la façon des Provençaux enclins à exagérer pour dédramatiser, à transformer une affaire sans importance en spectacle. Théâtraliser embellissait la réalité et la rendait supportable.

La colère de son père n'impressionnait pas Vincent. Il la prenait pour ce qu'elle était : l'expression d'un rôle. Barnabé jouait avec tant de conviction et de vérité qu'un étranger, peu habitué aux mœurs locales, y eût cru.

En accostant, Vincent avait averti Marion :

— Je vais déguster ! Le vieux n'est pas dans un bon jour...

En guise de confirmation, le déluge verbal s'était abattu sur lui :

— D'où tu viens, bon à rien ? Allons, mouille cette barque, plus vite ! Voilà deux heures que je t'attends ! Où étais-tu ? Monsieur se promène pendant que son père trime !

— Mais...

— Tais-toi quand je parle ! Qui m'a fichu un fils pareil ! Je vais t'apprendre à faire le joli cœur !

Vincent obtempérait sans piper. Il laissait passer l'orage. Son père était un brave homme. Il s'emportait pour sauver les apparences.

Marion avait prestement sauté sur le quai et s'était éclipsée sans demander son reste. Elle se sentait un peu coupable. Mais elle évitait d'être mêlée aux affrontements des Capelli. Barnabé était l'ami de son père. Il n'aurait pas fait de mal à une mouche. Cependant, sa grosse voix l'effrayait comme le tonnerre un jour d'orage.

Barnabé houspillait son fils :

— Amène-toi. Rentre les filets, fainéant. Viens m'aider à trier les poissons. Ne t'avise plus de prendre la barque sans mon autorisation. Quand elle t'appartiendra, tu en feras à ta tête. Pas avant !

— Je n'ai rien fait de mal, se rebiffa Vincent, mortifié de se faire tancer devant Marion. Tu en fais du foin, pour une simple balade en barque !

Barnabé feignit de sortir de ses gonds :

— Ah, c'est du beau ! Monsieur insulte son père, maintenant ! Il se croit tout permis parce qu'il promène une demoiselle ! Je fais du foin ! Moi, je fais du foin ? Eh bien, mon garçon, je vais te le faire bouffer, ce foin-là ! Tu ne perds rien pour attendre !

Vincent acheva d'arrimer la barque et commença à ranger les filets sous le regard courroucé de son père. Il ruminait de sombres pensées. Il supportait de plus en plus mal l'autorité. Il réfléchissait au moyen de gagner sa liberté. Il ne savait rien faire d'autre que pêcher. Tout le matériel appartenant à son père, il ne possédait rien, pas même une palengrotte. Il hériterait plus tard, à la mort de Barnabé, en sa qualité d'aîné. Mais quand ? C'était loin et incertain. Barnabé, dans la force de l'âge, ne donnait aucun signe de fatigue. La maladie l'épargnait. Les années glissaient sur lui telle l'eau sur les plumes du canard.

Il existait une solution à laquelle le jeune homme songeait quelquefois : l'armée. Il se voyait paradant dans un bel uniforme. Il percevrait une solde. Il voyagerait, connaîtrait des aventures... l'Afrique... les îles...

La pensée de Marion le détournait de ces tentations. S'il s'engageait, il quitterait Hyères et ne la verrait plus. A supposer qu'elle promette de l'attendre, elle ne pourrait pas honorer son serment. Le temps saperait sa détermination. A son retour, la belle roucoulerait dans les bras d'un rival. Le bonheur se serait enfui, laissant derrière lui déception, regret, chagrin.

Vincent s'abandonnait à des imaginations coupées de la réalité. Il aurait fallu, pour qu'elles eussent quelque consistance, qu'il se fût déclaré. Ce n'était pas le cas. Il aimait Marion en silence, sans avoir le courage de le lui dire. Chaque fois qu'il allait la voir, il se promettait de parler. Au dernier moment, il reculait. La peur d'être rabroué le paralysait. Il préférait l'incertitude à la rupture.

Vincent manquait d'assurance parce qu'il doutait, à juste titre, des sentiments de Marion à son égard. Aucun signe, en effet, n'induisait qu'elle partageât son amour. Comment réagirait-elle à une déclaration ? Agréable, gentille, parfois espiègle, elle allait son chemin comme si elle ne voyait rien. Il ne s'agissait ni d'insensibilité ni d'indifférence de sa part. Seulement, la camaraderie de longue date qui existait entre eux dressait un obstacle fatal à l'éclosion d'un amour réciproque. Marion considérait Vincent comme un frère, tandis que lui la désirait comme une femme.

— Tu as terminé ? demanda Barnabé.

— Oui, père.

— Hum ! Tu travailles d'une drôle de façon, mon fils. Ton corps est là mais ton esprit est ailleurs. Tes mains s'agitent, mais tes pensées battent la campagne.

Barnabé observa son fils d'un regard amusé. Un sourire ironique se dessina sur ses lèvres. Il devinait ce qui tourmentait le garçon. D'un ton désinvolte, il lâcha :

— Elle est vraiment très jolie.

Vincent sursauta.

— Qui ?

— La fille Figuières, pardi !

Le visage de Vincent s'empourpra.

3

Au milieu du XIXe siècle, on dénombrait une cinquantaine de salins, de Leucate à Hyères. Ces exploitations d'importances diverses occupaient en permanence près de quatre cents ouvriers, auxquels s'ajoutaient, au moment de la saunaison, trois mille intérimaires. Le métier était recherché à cause de ses salaires élevés, au-dessus de la moyenne nationale. En 1845, la paie journalière était d'environ deux francs pour huit heures de travail. Plus tard, elle n'avait pas diminué, et les sauniers de 1910 conservaient leur pouvoir d'achat.

La production atteignait deux cent cinquante mille tonnes de sel par an, aux alentours de 1850. La frange littorale bénéficiait de cet apport économique, d'autant que l'extension du marché et les progrès techniques rendaient nécessaire la diversification des activités. L'emploi des mules avait conduit les entrepreneurs à cultiver du fourrage dont ils vendaient le surplus. Des pêcheries et des ateliers de salaison avaient été mis en place. Le personnel trouvait à s'occuper tout au long de l'année. Enfin, les procédés de transformation chimique, découverts par le pharmacien montpelliérain Antoine-Jérôme Balard, ouvraient de nouveaux débouchés industriels d'une importance considérable.

Balard reconcentrait les saumures après le dépôt du sel marin au fond des tables salantes. En utilisant les effets météorologiques, et certaines réactions révélées par ses recherches, il obtenait d'autres sels à l'échelle industrielle. L'industrie chimique allait connaître un essor sans précédent. Elle contribuerait à l'enrichissement de places à l'exemple de Marseille. Tout le monde y gagnerait.

On avait changé de siècle. Une page de l'histoire du sel allait peut-être se tourner. La demande demeurait importante, certes. Il fallait néanmoins affronter l'agressivité de la concurrence étrangère et des régions de l'Ouest, prêtes à dévorer des parts de marché.

Jean-Baptiste Devignol, qui avait hérité des salins de Hyères en 1908, se préparait à affronter des années difficiles. La superficie de ses salins s'avérait insuffisante pour répondre aux besoins croissants de la clientèle. Les conditions d'exploitation étaient pénibles. Le matériel, vétuste, aurait dû être remplacé. Il en convenait. Cependant, pour moderniser, il fallait de l'argent, et, pour gagner plus d'argent, produire et vendre davantage. Il ne sortait pas de ce cercle vicieux.

Au-delà de ces faits indiscutables, des considérations plus secrètes, dont il ne laissait rien filtrer, sapaient son moral et son énergie depuis plusieurs mois. Si cela venait à se savoir, c'en était fini de sa réputation et de son entreprise. Il serait déshonoré, déclaré en faillite après seulement deux ans de gestion. Il entraînerait toute la famille dans sa chute.

Jean-Baptiste Devignol, en dernier recours, céderait son affaire. Elle n'était pas assez florissante pour espérer en tirer un bon prix. Il perdrait de l'argent. Après, que ferait-il ? Perplexe, au lieu de lutter, il s'abandonnait jour après jour à la force des choses, comme abattu, ne trouvant plus en lui la force de réagir au moment où on attendait qu'il redoublât d'efforts.

La situation n'était pourtant pas désespérée. Il avait encore du bien. Aucune rumeur n'alertait pour l'instant ses ouvriers ni ses clients. Il ne confiait ses difficultés matérielles à personne, pas même à Mathilde, sa femme. Il redoutait son émotivité et sa propension neurasthénique à noircir le tableau. Si quelqu'un pouvait l'aider en cette conjoncture difficile, ce n'était certainement pas Mathilde. Moralement, il ne se sentait pas le droit de la solliciter.

Eugène Figuières s'approcha.

— Nous pouvons y aller, monsieur ?

— Avez-vous vu le douanier ?

— Oui.

— Pas de remarques ?

— Non, monsieur. Tout est en règle.

— Très bien. Commencez.

Il appréciait Eugène. Un bon élément, sérieux et travailleur, quoique d'un esprit indépendant, parfois rebelle. Il avait appris l'altercation ayant opposé Eugène Figuières à Luigi Vulcani. Rien de tel ne s'était produit auparavant. La responsabilité incombait probablement à Luigi, mais il ne voulait pas le savoir. Il ne tenait pas à jouer les justiciers au détriment de son homme de confiance.

Jean-Baptiste Devignol ne mécontenterait pas le contremaître au moment où il avait besoin de son autorité pour stimuler la production. Eugène ne représentait rien dans l'entreprise, tout juste un rouage interchangeable. Il n'était pas de taille. S'il le licenciait, un remplaçant se proposerait aussitôt. La main-d'œuvre ne manquait pas.

Chacun a sa fierté, certes, encore faut-il avoir les moyens de l'afficher. Aux pauvres, aux petits, de courber l'échine et de se taire. Depuis des siècles, ils ravalaient leurs humiliations. Ils avaient l'habitude. L'injustice et le cynisme d'un tel raisonnement n'affectaient pas l'esprit du patron concentré sur la façon de sauver l'entreprise.

Jean-Baptiste observa le mouvement. Avec ses pannes, sa digue grise, les bateaux de pêche au mouillage, la présence de la marine nationale, l'endroit avait des airs de petit port breton. Il dégageait sous le ciel azuré une atmosphère empreinte d'une mélancolie romantique qui le touchait chaque fois qu'il venait.

Des charrettes de sel lourdement chargées arrivaient de l'exploitation. Les ouvriers les déchargeaient à même le port avant d'acheminer la marchandise en barque vers de grands bâtiments qui attendaient au large leur cargaison. La noria durait plusieurs heures, et c'était toujours un moment d'intense activité.

Les navires étaient chargés à Hyères, Port-de-Bouc, Cette, Le Grau-du-Roi. Depuis 1840, les brigadiers accompagnateurs étaient supprimés. Le trafic s'effectuait à l'aide de barques plombées à double enveloppe. Les douaniers contrôlaient le passage. Ils s'assuraient que le sel ne retournerait pas en France sans impôt. Ils avaient le droit de le repeser avant le chargement et ne s'en privaient pas. Les amendes étaient sévères, à proportion de la fraude.

L'inspecteur Vigliante, petit homme chauve, au regard vif, toujours en mouvement, se tenait devant le bureau. Pas un geste de ses agents n'échappait à sa vigilance. Il ne prononçait pas un mot mais il voyait tout. Il avait la réputation d'être intègre et d'une grande sévérité. En fait, fonctionnaire zélé, il appliquait la loi. Il était né pour ce rôle : protéger les intérêts de l'Etat.

Les formalités, longues et tatillonnes, augmentaient le coût du transport. Des problèmes survenaient si les douaniers relevaient que le poids de sel ne correspondait pas à celui déclaré lors du chargement. Voilà pourquoi Jean-Baptiste assistait à la manœuvre conjointe des sauniers et des marins. Il se sentait responsable de la bonne marche et veillait sur ses intérêts, tout en maugréant intérieurement contre les tracasseries de l'administration française, dont l'extrême complexité semblait conçue pour égarer les usagers.

Luigi Vulcani, juché sur une caisse, gesticulait en hurlant des ordres. Les ouvriers le surnommaient « l'aboyeur » ou « le gueulard ». L'altercation avec Eugène lui restait sur l'estomac. Il ne quittait pas celui-ci des yeux, espérant la faute. Il ne digérait pas que ce péquenaud ait osé lui tenir tête. Il s'était juré de taxer chèrement son outrecuidance à la première occasion.

L'opération s'achevait lorsque Marion arriva. Elle dit quelques mots à son père. D'un geste de la main, il lui signifia de s'éloigner. Elle gênait. Ce n'était pas sa place. Marion se posta en retrait, près de Jean-Baptiste Devignol, lequel ne lui prêta pas attention.

Il n'en alla pas de même pour Luigi. Il avait vu la fille Figuières deux ou trois fois, trop brièvement à son gré. Il la reconnut tout de suite. Ses yeux de braise se fixèrent sur elle et ne la quittèrent plus.

Marion regardait danser les reflets sur la mer. Elle humait l'odeur d'iode coupée de saumure. Elle ne se savait pas observée. L'homme juché sur la caisse n'avait pas retenu son attention. Il se fondait dans le décor. Parmi les travailleurs, seul son père l'intéressait. Elle ne se méfiait pas du grand gaillard noir de peau, au faciès de brute, qui la dévorait du regard.

De son perchoir, Luigi dominait la scène. Il détaillait Marion malgré la distance qui les séparait. Ses yeux s'arrêtaient aux épaules, à la poitrine, aux hanches. Plus il l'examinait, plus ses appas l'émouvaient, l'excitaient. Une vague de chaleur s'éleva dans ses reins. Sa proie n'était pas inaccessible. Il savait s'y prendre avec les jouvencelles. Aujourd'hui ou demain, il l'aurait.

Il descendit de sa caisse, traversa l'esplanade en direction de Marion. Il s'adressa à Jean-Baptiste Devignol sans cesser de lorgner la jeune fille. Devignol l'écoutait d'une oreille distraite, l'esprit ailleurs. De près, elle était encore plus désirable.

— Monsieur, dit-il au patron, nous avons terminé.

— Rentrez le matériel, ordonna Jean-Baptiste en tournant les talons.

Un tilbury l'attendait sur la place.

Loin d'obtempérer, Luigi resta à se dandiner à quelques pas de Marion, cherchant l'occasion de l'aborder. Sentant instinctivement le poids d'un regard sur sa nuque, elle se retourna. Ses yeux se heurtèrent à ceux de Luigi. La peur l'étreignit. Inexplicablement.

Son trouble n'échappa pas au Sicilien. L'effet produit par sa présence flatta sa vanité. C'était plus favorable qu'une froide indifférence. L'émoi de la donzelle valait encouragement. Un rictus déforma ses lèvres.

Nous nous reverrons bientôt, ma belle, dit-il *in petto*.

Eugène venait de s'apercevoir du manège. La grimace du contremaître l'alerta. Comme pour confirmer son impression, Luigi Vulcani s'approcha.

— Tu as un beau brin de fille, Eugène, lança-t-il avec arrogance.

Il accompagna ses propos d'un geste obscène.

Eugène serra les poings. Une nouvelle querelle, il ne pouvait pas se le permettre.

— N'y touche pas, prévint-il néanmoins d'une voix sourde.

L'autre ironisa :

— La beauté n'est-elle pas faite pour être touchée ? Qui sait, ça se fera peut-être...

Le cœur d'Eugène s'emballa. La vision de sa petite Marion se débattant entre les sales pattes de ce butor l'horrifia. Il ferma les yeux. L'image persista. Il l'avait dans la tête. Elle tournait, guêpe obsédante impossible à chasser.

Luigi Vulcani habitait un deux-pièces en ville, au premier étage d'une maison ancienne, face à l'église Saint-Louis. Il suffisait de traverser la place pour assister à l'office, ce que le drôle évitait en obliquant vers son estaminet favori, Le Tourlourou, sorte de bouge fréquenté par des mauvais garçons et des traîne-savates. On y croisait aussi quelques garces en cheveux qui faisaient commerce de leurs charmes.

« Ce n'est pas un poil que vous avez dans la main, tas de fainéants, c'est un cocotier », plaisantait le patron, un grand type osseux, les yeux enfoncés dans les orbites, le nez busqué, de grandes oreilles et un menton en galoche.

Marsias avait perdu plus de dix ans de sa vie sous l'uniforme, dans l'infanterie de ligne. D'où le choix de son enseigne. Il avait bourlingué partout dans le monde, rapporté quelques blessures de ses pérégrinations et perdu toutes ses illusions sur l'humanité. Volontiers hâbleur, prompt à la querelle, personne ne s'y frottait. Quand l'atmosphère de son établissement dégénérait, que la clientèle dépassait les bornes, Marsias rétablissait l'ordre de sa grosse voix, dût-il se résoudre au coup de poing s'il le fallait.

Le Sicilien éprouvait de la sympathie pour Marsias, un homme selon son goût. Il se plaisait en cette compagnie forte en gueule, débraillée, dont l'occupation principale se bornait à écluser des pichets en fumant et en braillant à pleins poumons. Ici, on avait le verbe haut, la poigne rude, les opinions tranchées. Le Tourlourou constituait le noyau dur de la vieille ville. Ses familiers le fréquentaient avec fierté. Les naufragés de la vie venaient s'amarrer au zinc. Au bout de quelques verres, on les retrouvait revigorés et triomphants.

Il arrivait qu'on demandât à Luigi, doté d'une belle voix de baryton, de pousser la chansonnette. Il ne se faisait pas prier. Il connaissait son répertoire sur le bout des doigts. Il interprétait alors des airs mélancoliques et doux, des paroles vibrantes d'amour, qui contrastaient avec son caractère bourru et violent. Luigi savait quel effet sa voix produisait sur les sensibilités féminines. Les bonnes fortunes qu'il lui devait ne se comptaient plus. Il se croyait irrésistible parce qu'il chantait comme un dieu. Dans son pays, on divinisait les rois du *bel canto*.

On ignorait tout de la vie de Luigi Vulcani. Avare de confidences, il éludait les questions précises et n'abordait jamais le passé. Le plus grand mystère planait sur les années précédant son installation à Hyères. Il semblait les cacher pour quelque obscure raison. On savait seulement qu'il venait de Sicile, possédait une bonne instruction et se montrait compétent dans son métier.

Il ne parlait ni de sa jeunesse ni de son pays. Pourquoi avait-il choisi de s'établir à Hyères et de travailler aux salins ? Par quel chemin était-il arrivé là ? Où avait-il appris le métier ? Pourquoi Devignol, qui ne passait pas pour une tête légère, avait-il confié à cet étranger un poste de responsabilité ? Autant de questions sans réponses.

Il aurait fallu pouvoir pénétrer la conscience, fouiller la mémoire, éclairer les recoins obscurs du cerveau, alors, sous les strates de souvenirs, on aurait peut-être exhumé un secret. Un événement terrible avait dû transformer Luigi en monstre de violence et de cynisme. Il transportait avec lui une blessure inguérissable. Elle saignerait jusqu'à sa mort.

Le silence pose sur le cœur une dalle invisible à jamais scellée. Dans une tombe sont enfouis les fautes, les erreurs, les crimes. Là se trouvent les images terribles de la nuit de printemps où le destin de Luigi a basculé. Son caractère s'est brusquement forgé dans un accès de violence. Une fois libérée, elle ne s'est plus apaisée. Depuis, il vit avec. D'abord étonné d'en être le siège, de la savoir prête à se déchaîner, il la voit maintenant sous l'aspect d'une compagne fidèle et protectrice. Elle l'a taillé dans la dureté et l'insensibilité, éradiquant les sentiments et les émotions identifiés à de la faiblesse. Il ne succombera plus à ce genre de tentations. Elles rendent l'homme pitoyable, indigne de son sexe.

Les faits remontent à 1885. Luigi a quinze ans, un corps mince et nerveux, des muscles solides, une vitalité débordante qu'il dépense en randonnées à travers la campagne. Ses parents l'élèvent dans le respect des traditions, avec affection mais rigueur. Ils surveillent ses fréquentations. Sa voie semble tracée. Il sera berger ou paysan, à moins d'aller cracher ses poumons sur les pentes de la soufrière. Il ne connaît quasi rien de la vie, qu'il perçoit à travers le prisme de l'innocence. C'est un garçon honnête et travailleur. Peu causant, il aime la solitude.

Ce jour-là, la nuit tombe. Le crépuscule descend doucement sur les collines. La vague d'ombre glisse lentement le long des pentes, avalant peu à peu vallons, champs, bosquets. Une atmosphère irréelle baigne la nature qui se charge de mystère. Il marche sur un sentier sinueux, assez loin du village. Un endroit accidenté, peu fréquenté. On n'y mène même pas paître les troupeaux de biques.

Luigi aime cette solitude. Il a l'impression que ce cadre sauvage, d'une splendeur puissante, lui appartient. Il va sans penser à rien, heureux d'être là, de sentir son pas ferme sur le sol. Il ne se lasse pas du miracle quotidien du crépuscule et de l'aurore. Il remercie Dieu d'avoir créé cette féerie et de lui permettre d'en admirer l'ordonnance.

Soudain, un bruit retentit à proximité. Il tend l'oreille : de petits cris, des soupirs troublent le silence. D'où viennent-ils ? Sa première pensée est celle de quelqu'un en difficulté, une femme, un homme. Les sons n'expriment pourtant ni douleur ni peur. Ils passent de l'aigu au grave, selon une modalité variable, tantôt brefs, haletants, tantôt sourds et longs, avec l'amplitude d'un râle.

Il s'arrête, se dissimule derrière un rocher, scrute la pénombre. Ne distinguant rien, il s'enhardit. Il s'approche avec précaution de l'endroit d'où proviennent les gémissements.

Dans une excavation protégée d'un écran de buissons, deux corps se meuvent, étroitement mêlés. Un couple s'ébat, assuré d'être à l'abri des indiscrets.

Luigi aperçoit maintenant la femme allongée sur le sol, les épaules, un sein sorti du corsage, la blancheur des cuisses écartées. Il voit la masse penchée sur elle, en train de la besogner.

La scène fascine le garçon. Il a déjà vu copuler des animaux, pas des gens. L'étrange musique, ces caresses devinées dans le clair-obscur, ces parties de corps dévoilées, qui s'agitent, l'émeuvent. La vague sensuelle qui secoue l'homme et la femme se propage jusque dans sa chair. Il se tient immobile, gorge sèche. Le sang cogne dans sa poitrine, à ses tempes.

Tout à coup, l'homme se soulève. La femme tourne le visage du côté de Luigi. Ses traits se dessinent plus nettement à la clarté de la lune.

Luigi plaque la main sur sa bouche, retient un cri. Il vient de reconnaître Carla, sa sœur aînée. Quand l'homme montre à son tour le visage, il le reconnaît aussi. Sa colère flambe. C'est Franco Pedrazzi, soupirant maintes fois éconduit par ses parents. Ils ont interdit à Carla de le revoir. Et voilà que ce vaurien déshonore sous ses yeux sa sœur et la famille Vulcani !

Il réprime l'envie de se précipiter sur Franco. Son sang bouillonne. Son cœur explose du désir de vengeance. Il est cependant assez avisé pour comprendre que cela ne servirait à rien. Le combat serait inégal. Franco est plus grand, plus costaud, plus expérimenté. Il perdrait la face. Inutile d'ajouter l'humiliation au déshonneur.

Derrière les buissons, Carla attire de nouveau Franco. Elle écarte les cuisses. Il se couche sur elle. Elle ondule en émettant des râles de jouissance. Luigi se bouche les oreilles pour ne plus entendre ces horribles sons.

Si au moins Carla résistait à l'assaut de Franco, si elle se battait bec et ongles contre ce salaud, s'il devait la forcer pour la prendre ! Mais non, Carla est consentante. Elle jouit comme une garce.

Luigi s'éloigne en ruminant de sombres pensées. Il n'informera pas ses parents, pour ne pas compromettre davantage Carla. Personne ne sait, à part lui. Il minimisera la responsabilité de sa sœur, la présentera comme une proie victime d'un vil séducteur. Malgré sa faute, il la protégera et il la vengera. L'unique responsable est Franco Pedrazzi. Il paiera pour ça le prix fort, celui du sang.

Il ne perd rien pour attendre. Luigi sait où le trouver.

Le lendemain, à l'aube, Luigi prit le fusil du père et partit dans le maquis.

On retrouva le cadavre de Franco plusieurs jours plus tard, la tête fracassée, son corps criblé de chevrotines.

Luigi était déjà sur le continent, fermement décidé à ne plus revenir au pays.

Vingt-cinq ans s'étaient écoulés. Les détails du drame restaient à vif dans la mémoire de Luigi Vulcani. Derrière chaque femme possédée, il y avait sa sœur, Carla, dont l'image infamante ne s'effaçait pas. Après chaque étreinte, elle était là. Pour conjurer le fantôme, il se comporta de plus en plus cruellement envers ses conquêtes. Il les faisait souffrir à dessein. Il les méprisait, les humiliait avec un plaisir sadique. Il recherchait de préférence les filles innocentes, pour les souiller et les marquer à vie. C'était le tribut à payer pour supporter l'insupportable.

Voilà pourquoi Luigi tournait autour de Marion avec tant de convoitise. Pour un prédateur de son acabit, elle représentait une proie de choix. Le fauve ne manquait pas de patience. Il attendrait son heure.

4

Le principe de production du sel de mer dans le sud de la France n'avait guère évolué depuis le Moyen Age. Cependant, à cette époque, l'alimentation en eau se faisait par gravité, en utilisant les grosses mers et les vents favorables. Cette technique présentait des inconvénients. La densité des eaux ainsi récupérées était inférieure à celle de l'eau de mer. De plus, l'eau puisée dans les étangs littoraux se trouvait diluée par les pluies coulant des collines. Certains salins exploitaient le mouvement des eaux suivant le rythme des saisons. L'eau de mer pénétrait naturellement dans les étangs, où elle décantait ses matières organiques avant d'entrer dans les salins. Plus tard, on procéda à l'alimentation par pompage, une technique plus efficace.

Au mois d'avril, un canal conduisait les eaux dans les partènements. Une grande martelière, soutenue par deux piliers en pierres maçonnées, contrôlait la prise d'eau. Un système de vis en bois permettait de relever ou d'abaisser la porte. Les jours de mauvais temps, elle restait fermée. La pénétration des vagues aurait provoqué des dégâts.

Malgré ces précautions, les salins subissaient les intempéries. Il fallait réparer les dommages causés par les pluies hivernales qui sévissaient parfois avec une rare violence. Des trombes d'eau s'abattaient sur le sol en quelques heures. La campagne commencerait après, quand le temps s'améliorerait. En creusant de petits drains, on évacuait les poches d'eau douce que collectait le canal de ceinture.

Autrefois, les surfaces découvertes étaient très importantes. La concentration des eaux déposait du sulfate de calcium qui formait des croûtes. Pendant l'hiver, les femmes et les enfants, armés d'une sorte de battoir – la pelle de piquage –, les aplanissaient. Le sulfate enfoncé dans le sol réagissait chimiquement avec le sel pour constituer une couche de matière très dure.

Ce travail ingrat et mal rémunéré était particulièrement dur les jours de gel ou quand le mistral soufflait, rendant toute protection illusoire. Les ouvriers enduraient alors un véritable supplice. On a beau jeu de représenter la Provence sous un aspect agréable et joyeux, une terre bénie des dieux et jouissant d'un temps perpétuellement beau. La réalité dément cette légende. Le Midi supporte les caprices d'un climat excessif, animé de brusques revirements. Des variations de température très éprouvantes sévissent dans une même journée. Sous des dehors riants, la Provence dissimule une grande violence.

Marion et sa mère avaient participé à ces travaux d'aplanissement. Elles en ressortaient fourbues, parfois transies. Il semblait que les croûtes de matière tassées pendant la journée enrobaient leur peau et résistaient au lavage. Sidonie faisait bouillir de l'eau qu'elle versait dans un grand tub, placé au milieu de la cuisine. Elles se baignaient dans la même eau, se nettoyaient à tour de rôle. Marion d'abord, Sidonie ensuite.

La fillette regardait avec une curiosité inquiète sa mère dénudée. Sidonie se savonnait et se rinçait à l'aide d'une grosse éponge. Ses formes lourdes, mamelles flasques, panse ourlée de graisse, la dégoûtaient un peu. Eprouver de la répulsion envers l'être qu'elle chérissait le plus au monde la culpabilisait. Elle détournait les yeux. Sidonie ne cessait de bavarder, sans pudeur devant sa fille. Se rendait-elle compte des réactions que sa nudité provoquait chez celle-ci ?

Comment, en voyant ce corps déformé, imaginer que Sidonie avait été une fillette mince et gaie, à l'image de Marion ? Comment envisager pour soi, tôt ou tard, inexorablement, la même déchéance ? C'était cela vieillir. Marion ne concevait pas qu'une telle dégradation puisse corrompre un jour sa beauté, que les années transformeraient à son insu, et contre sa volonté, son corps qu'elle jugeait si beau. Elles engendreraient une forme grise, mollasse, sans âge. Aujourd'hui, elle croyait en la jeunesse éternelle. Oui, un miracle se produirait, qui la sauverait du désastre. Elle échapperait au sort commun.

On était au mois de mai. Les sauniers mettaient en eau les surfaces dites maîtresses, situées en amont des pièces salantes où les saumures se concentraient jusqu'à saturation. Dès qu'elles seraient prêtes, par l'intermédiaire d'un puits à roue, elles seraient dirigées vers les tables salantes.

Cela n'allait pas tout seul. Des dépôts de sel engorgeaient le canal. Des blocs bouchaient quelquefois le passage. Des cristallisations s'accrochaient au bois du rouet. Les sauniers nettoyaient cela à l'eau douce selon une périodicité qui dépendait du temps plus ou moins sec. L'eau douce et claire arrivait par un conduit spécial. A certains moments, il fallait intervenir tous les jours pour maintenir le dispositif en état de fonctionnement.

Eugène travaillait à l'entretien des outils de travail. Paradoxalement, il devait lutter contre les dégâts du sel qui constituait sa principale source de revenus. Sans le sel, les Figuières mourraient de faim. Peut-être auraient-ils été contraints de quitter l'agglomération hyéroise pour chercher ailleurs un travail devenu rare, de se contenter d'emplois itinérants et saisonniers, comme beaucoup de journaliers agricoles qui battaient la campagne et s'échinaient pour gagner une misère.

Trois ouvriers – Alban, Marius, Auguste – constituaient avec Eugène l'équipe chargée de la propreté. Ils effectuaient les tâches trop lourdes pour les femmes et les enfants. Il devait ce poste à la haine de Luigi, décidé à ne pas le ménager. L'affectation mal considérée, surtout pour un vétéran, le mortifiait.

L'entretien représentait une servitude. Luigi lui confiait les sales boulots. Cela durerait jusqu'à ce qu'il craque ou que le contremaître s'en aille. Jusqu'à quand Eugène tiendrait-il ? Jusqu'à quand la sagesse l'empêcherait-elle de se révolter ?

Pour l'heure, Eugène, ne pouvant protester, se pliait. Il rongeait son frein. Luigi n'était pas infaillible. Un jour, il commettrait une faute professionnelle. Le bougre était trop sûr de lui, trop imbu de sa personne pour ne pas se manquer. Il perdrait ainsi la confiance des patrons, et tout redeviendrait comme auparavant.

Les sauniers changeaient fréquemment de tâches. Celles-ci étaient soumises au gré des saisons, aux caprices du climat, à la nature des opérations. La plus intéressante était la saunaison. En juillet et août, après des mois de patience et d'efforts, on récoltait le sel. Un cycle s'achevait, un nouveau allait commencer. Les camelles, protégées de tuiles ou de lattes de bois, alignaient des pyramides d'une blancheur étincelante en bordure des marais. Sous les rayons du soleil, elles ressemblaient à d'énormes brillants.

A ce moment-là, Jean-Baptiste Devignol passait l'inspection, en compagnie de ses associés. Ces messieurs jaugeaient la récolte. Ils s'arrêtaient devant les camelles pour apprécier la qualité, discutaient entre eux, repartaient. Les ouvriers observaient leur manège sans cesser leur activité. Ces conciliabules les intriguaient. Ce qu'ils ignoraient, ils l'inventaient. Quelqu'un se prétendait toujours le mieux informé.

Tout se déroulait comme à l'ordinaire. Une atmosphère tendue régnait cependant sur les salins. Chacun avait son idée sur la récolte. On savait l'exploitation en proie à des difficultés. Quoi qu'en pensât Jean-Baptiste, des rumeurs circulaient. Les mauvaises nouvelles passaient d'une oreille à l'autre, à la vitesse de la malveillance. A ce rythme, tout le canton serait bientôt au courant. Personne ne pouvait arrêter les rumeurs. Pas même le patron. Mais celui-ci, enfermé dans sa bulle, ne s'en apercevait pas.

La porte de la chambre tourna silencieusement sur ses gonds. Sidonie glissa la tête dans l'entrebâillement. Marion s'apprêtait devant son miroir. Elle caressait ses joues de la main, ouvrait grands les yeux, écartait les lèvres. Un bout de langue pointait entre des dents très blanches et régulières. Elle lissait ses longs cheveux noirs avec une évidente satisfaction.

A ses gestes, aux soins apportés à sa toilette, on n'eût pas reconnu la fille d'un humble saunier. Sa distinction naturelle tranchait sur son environnement. Son port de tête, sa façon de s'habiller, de se mouvoir, de marcher ne trahissaient pas une sauvageonne mais une jeune personne de qualité égarée dans un milieu étranger au sien. Elle ne ressemblait pas aux filles de son âge habitant le hameau. Elle les fréquentait d'ailleurs assez peu et se taillait une réputation de prétentieuse. A mesure qu'elles avançaient en âge, les différences s'accusaient.

Sidonie la trouva jolie. C'était la chair de sa chair. Le même sang coulait dans leurs veines. Elle se rengorgea d'une fierté légitime. Marion, sous des apparences de femme, était encore une enfant. La chrysalide se libérait de son cocon. Il ne fallait surtout pas la brusquer. Sidonie s'accrochait à cet aspect de toute la force de son instinct maternel. Etre dépossédée de sa « petite » l'effrayait. L'enfance disparaissait toujours assez tôt. Pas besoin d'accélérer le processus.

Sidonie voulait profiter égoïstement des derniers mois d'adolescence de Marion. Celle-ci ne s'était pas encore totalement affranchie de sa tutelle. Sidonie savourait ce sursis tout en appréhendant l'avenir. Un jour, Marion quitterait la maison familiale. Elle s'en irait vivre ailleurs. Peut-être très loin, à la ville, à l'étranger. Qui sait ce que réserve le destin ? Alors, plus rien ne serait comme avant.

Marion avait fêté ses dix-sept ans le 10 mai 1911. Les Figuières avaient organisé une grande fête en son honneur. Vincent et ses parents, considérés comme étant de la famille, figuraient au nombre des invités. Les cadeaux reçus touchaient Marion en raison de l'affection qu'elle ressentait pour ceux qui les lui avaient offerts. Il s'agissait de présents modestes mais ils témoignaient des sentiments que ces gens lui portaient. Ils formaient une vraie communauté, c'est-à-dire une sorte de famille élargie où chacun avait sa place.

Pendant le repas, Sidonie remarqua la façon dont Vincent regardait Marion. Ce genre de regard, elle le connaissait. Elle savait ce qu'il signifiait. C'était celui d'un homme qui désire une femme. Elle découvrit du même coup combien sa fille avait grandi et mûri. Elle affronterait désormais non plus une enfant – son enfant – mais une vraie femme, pour ainsi dire une égale.

Marion en possédait les appas, le charme, la beauté, la sensualité. Une langueur charnelle fluidifiait son corps aux proportions parfaites. Entre rêve et réalité, elle hésitait, comme on le fait au moment où l'on doit abandonner un lieu très cher. Une porte invisible ouvrait sur de mystérieuses tentations qui séduisaient son esprit. Elle avait hâte de les connaître et, en même temps, de vagues appréhensions en différaient l'approche. Le monde inconnu des adultes, dans lequel elle entrait, l'attirait tout en lui inspirant de la crainte. Serait-elle à la hauteur ? Elle ignorait tant de choses !

Marion connaissait encore mal le pouvoir de son corps lorsqu'elle se mouvait. Sidonie surprenait chez les vieux mâles des airs de convoitise sans ambiguïté. Au même âge, elle en éveillait de semblables. Plus délurée, il lui arrivait de répondre favorablement aux hommages par curiosité, par plaisir ensuite. A l'époque, elle ne vivait pas encore avec Eugène. Elle s'autorisait quelques libertés. Elles l'avaient poussée au-delà des limites raisonnables. Le soir des noces, Eugène n'était pas le premier.

Ces souvenirs ravivèrent de coupables émotions. Sidonie rêva de sa jeunesse. Ah ! revenir en arrière, tout recommencer ! La pensée de sa vie gâchée la ramena sur terre. Fatiguée, précocement vieillie, l'avenir ne lui réservait pas d'embellie. Les jeux étaient faits. Elle avait tiré le mauvais numéro. La roue de la fortune ne tournerait jamais plus en sa faveur. Elle ne s'arrêtait que sur des numéros perdants.

Marion vivait avec sérénité les transformations dont elle était le siège. Elle évitait de poser des questions, d'interroger sa mère, dont l'attitude ne l'y engageait pas. A la maison, on n'abordait pas ce genre de sujets. Les choses venaient à leur heure, quelquefois jamais. La pudeur, la retenue trahissaient l'influence dominante de la religion, qui tenait les paroissiennes serrées dans l'étau des convenances.

— Il faut songer à la marier, soupira Sidonie.

Le soir de son anniversaire, Marion s'enferma dans sa chambre. Elle déposa les cadeaux sur la tablette faisant office de coiffeuse. Elle médita un long moment, recroquevillée sur le lit, embrassant d'un regard désabusé son environnement familier. La chaise paillée, la table de nuit bancale, le crucifix orné d'un rameau d'olivier... C'était moche et banal. Elle aspirait à mieux. Quoi ? Elle l'ignorait. Elle se sentait seulement aimantée par une force qui ne s'était pas manifestée auparavant. Cela se nommait l'ambition.

La révolte et le découragement se disputaient son esprit. Elle refusait la résignation sans concevoir comment y échapper. Des larmes humectèrent ses yeux. Elle enfouit son visage dans le traversin. Une rage impuissante la submergea. Ses dix-sept ans n'arrivaient pas suivis d'un cortège de joies, de promesses, de félicités. C'était comme si elle butait contre un mur en souhaitant voir ce qui se cachait derrière.

L'existence de Sidonie et d'Eugène, elle n'en voulait pas. Tant de complaisance dans la médiocrité l'indignait. Marion n'acceptait pas la résignation de ses parents, qui subissaient sans plaintes ni protestations, comme s'il n'y avait rien à faire qu'à accepter son sort. Tant de platitude l'écœurait. Les petites gens naissaient avec la défaite dans le sang. Or la révolte grondait en elle. Un autre destin l'attendait. Elle en était sûre. Elle le voulait. Même si elle réfléchissait en vain aux moyens de le réaliser, elle le croyait possible, accessible.

Elle ne disposait d'aucun appui. Dans son entourage, personne n'offrait d'exemple capable de la stimuler. Qui se fiait aux apparences voyait en Marion une brave fille se pliant par devoir au lot commun, sans rechigner. Elle ne pouvait compter que sur sa volonté. Mais celle-ci était grande.

— Même ma mère ne sait pas qui je suis, rumina-t-elle avec dépit. Quant au père…

Une seule chose, ici, était belle.

Elle ouvrit le tiroir de l'armoire, prit la boîte en carton dissimulée derrière les piles de linge. L'intérieur recelait un trésor enveloppé dans du papier de soie, sur un coussin de paille. Grand-père Joseph le lui avait offert autrefois, du temps où il avait encore toute sa tête. Elle découvrait aujourd'hui sa valeur. En fait, plus qu'une valeur sentimentale s'attachait à ce souvenir. Il s'agissait d'un symbole doté du pouvoir d'un talisman. Un objet dérisoire, fragile au départ, puisqu'il consistait en une petite croix de bois. Mais les cristaux de sel recouvrant cette croix la rendaient brillante, d'un éclat de bijou. Elle était magnifique. Un rien pouvait néanmoins la briser et la réduire en poudre.

Elle n'avait pas reçu cet objet au hasard. C'était un signe. Elle avait mis longtemps à l'interpréter. Elle aurait pu ne pas s'en aviser si elle n'avait été en proie à des interrogations brouillant son avenir. La réponse gisait dans la boîte en carton. Marion était dans le même état que la croix initialement, du vil bois, sans importance. Grâce à la sédimentation des eaux salines, la croix s'était peu à peu transformée en objet d'art. Il en serait de même pour elle, à condition de plonger assez longtemps dans un milieu favorable dont l'influence la changerait en une femme belle et brillante, adulée et jalousée.

Marion remercia rétrospectivement son grand-père. Le remords de l'avoir négligé à la fin de sa vie l'attrista. La famille voyait en Joseph un fardeau et lui avait fait chèrement payer le droit d'exister. La maladie et la déchéance, lorsqu'elles s'installaient à demeure, engendraient la cruauté des bien portants. L'indifférence de Marion avait contribué aux souffrances de l'aïeul. Elle imitait en cela les adultes, avec l'inconscience des innocents qui ne savent pas ce qu'ils font.

Les sauniers avaient le privilège de déposer des objets en bois dans les puits à roue. Ils y restaient assez longtemps pour être imprégnés de saumures. Le sel déposé leur conférait un bel aspect décoratif. Ils étaient faits de lamelles de bois assemblées et collées, ou liées par des cordelettes. Les sauniers fabriquaient aussi des armatures en roseau. Il existait plusieurs modèles : crucifix, étoiles, arbres, tourettes, petits moulins. Ces ouvrages en sel – ou plutôt ces créations du sel – étaient des cadeaux fort appréciés.

Le grand-père Joseph avait fabriqué le sien pendant ses années d'apprentissage. Il travaillait alors aux salins de Peccais, près de Montpellier. Il avait toujours conservé le témoignage de cette période heureuse, riche de découvertes et d'espoir. Il n'avait montré à personne cette curiosité. Il ne s'en était séparé qu'au profit de sa petite-fille, en gage d'affection, et pour sauver sa propre vie de l'oubli.

« Surtout fais attention, avait-il recommandé. C'est très fragile.

— J'en prendrai soin. »

Marion avait tenu parole. D'ailleurs, elle sortait sa croix de sel rarement, ne l'exposait ni ne la montrait. Il lui suffisait de la savoir là, à l'abri dans l'armoire. Elle pouvait la regarder quand elle voulait. En cas de casse, elle ne perdrait pas seulement un objet auquel elle tenait. Elle attirerait sur elle un mauvais présage. Mais, tant que la croix était intacte, elle la protégeait.

Elle replia précautionneusement le crucifix, le rangea dans sa boîte, le remit à sa place.

Ce geste la rasséréna. Les festivités de son anniversaire l'avaient accablée. Elle se sentit de nouveau ferme, déterminée. Un flux de vitalité l'envahit. Le trop-plein d'énergie exigeait un exutoire.

L'image de Vincent s'échinant sur les rames, son regard énamouré au cours du repas l'amusèrent un bref instant. Pauvre garçon ! Il m'aime, ça crève les yeux. Il croit que cela suffit pour que je l'aime aussi. Comment le détromper sans perdre son amitié ?

Marion sortit en direction de la mer. Soufflait une brise assez forte. Elle tendit avec bonheur le visage aux vagues d'air frais venues du large.

5

— Marion, apporte le casse-croûte à ton père.

Sidonie posa sur la table un panier contenant de la charcuterie, du fromage, un morceau de pain, une bouteille de vin.

— Oh, protesta Marion, c'est loin ! Je suis fatiguée.

— Tu es fatiguée de naissance.

Aller aux salins demandait presque une heure de marche. Avec ce fardeau au bras, c'était une vraie corvée.

— Tu ne voudrais pas laisser ton père sans manger, non ? Il a oublié d'emporter son déjeuner, ce matin, dit Sidonie. Ce n'est pas de lui. D'habitude, il en prendrait plutôt deux. Je ne sais pas ce qu'il a. Depuis quelque temps, je le trouve bizarre.

— Il a besoin de repos. C'est tout.

— Tu n'as rien remarqué ? insista Sidonie, l'air soucieux.

— Non.

— Je m'inquiète.

— Ce n'est pas la première fois que papa traverse une mauvaise passe, fit Marion.

— Dieu t'entende ! Tu as peut-être raison... Cependant, les gens parlent... Des bruits courent sur les salins. On fait état de graves ennuis, de menaces sur l'emploi, de fermeture. Que sais-je ! C'est terrible de penser à ces choses.

Marion leva les yeux au ciel.

— Avant qu'on ait exploité tout le sel de la mer, il s'écoulera des siècles. Ne crois pas à ces ragots.

L'optimisme de Marion se fondait sur l'indifférence. Elle ne prêtait aucune attention aux questions économiques. Parmi ses amis, personne ne parlait de ce qui touchait au fonctionnement des salins. La jeunesse insouciante avait d'autres idées en tête, même si beaucoup gagnaient déjà leur pain. Quelques garçons, placés en apprentissage, faisaient l'expérience de la dureté du monde du travail. Les filles, à l'instar de Marion, participaient épisodiquement à la cueillette des fleurs, au ramassage des olives, aux vendanges. Elles ramenaient ainsi un peu d'argent à la maison, en attendant de se marier.

— Ton père se tait, mais je sais qu'il est préoccupé, poursuivit Sidonie.

— Il a surtout faim, le pauvre. Allez ! Ne t'inquiète pas. J'y vais.

Marion prit le panier de victuailles. Elle suivit la petite route parallèle au littoral et à la voie de chemin de fer. La première apparition du train aux Salins remontait au 10 février 1876. Le tronçon La

Pauline-Hyères avait été inauguré, deux mois plus tôt, le 6 décembre 1875. La gare employait plusieurs personnes car le trafic ne cessait d'augmenter. Six trains par jour circulaient pour l'heure entre Toulon et Hyères. Il y en aurait dix en 1911, et treize en 1913.

Des navettes quotidiennes assuraient le ravitaillement des Salins et de la Marine, propriétaires de l'ensemble des terrains. Des accords avaient été signés. Les activités civiles ne gênaient pas celles de l'armée, qui concédait ce qui ressemblait beaucoup à des privilèges. Mais, comme l'affirmait non sans cynisme Jean-Baptiste Devignol : « Sans privilèges, le monde serait triste à mourir. »

L'extension de la ligne du PLM s'avérait nécessaire depuis la création du port par l'amiral Pothuau. Aucune route carrossable ne reliait la gare des Salins à Hyères. Un an avant l'inauguration, des débats houleux avaient agité le conseil général du Var au sujet du projet de construction d'un chemin non inondable destiné à relier Hyères et Saint-Tropez. La ville de Hyères était située à l'écart des grandes lignes. La désenclaver nécessitait des travaux de dérivation délicats et coûteux. Et, quand il s'agissait de gros sous, tout le monde était prêt à sortir le fusil.

Le chemin de fer rythmait désormais l'existence des habitants. Certains regrettaient le bon vieux temps où les locomotives rugissantes n'exhalaient pas leur haleine empestée. C'était un prétexte pour réveiller leur jeunesse perdue. La plupart des gens considéraient, au contraire, que l'arrivée du train avait changé leur vie. Ils se demandaient même comment ils avaient pu s'en passer si longtemps.

Le train participait à l'essor économique en facilitant les transports des salins. Il favorisait les déplacements des personnes et des produits. Il contribuait au bonheur. Ainsi, le dimanche, de nombreux Marseillais empruntaient-ils « le train du plaisir » pour venir passer la journée sur la plage ou sur les îles. Sitôt arrivés, ils se précipitaient vers l'embarcadère, où un bateau assurait la liaison avec Port-Cros.

Marion regardait les voyageurs descendre du train, avec leurs musettes et paniers, les élégantes munies de leurs ombrelles. Elle enviait leur gaieté. Malheureusement, l'animation dominicale durait peu. Elle apportait au petit port un souffle nouveau toujours trop bref. Le soir, les Marseillais remontaient dans le train pour regagner la grande ville. La solitude devenait alors plus pénible à supporter.

Les Figuières habitaient le quartier des pêcheurs, qui rassemblait l'essentiel de la population. On en comptait une centaine, qui se répartissaient sur une cinquantaine de bateaux, les uns amarrés au Pothuau, les autres à l'Aygade, comme celui des Capelli.

En voyant partir les visiteurs du dimanche, Marion soupirait. Elle les suivait sur le quai, attendait le coup de sifflet du chef de gare. Le train démarrait dans un nuage de vapeur. Il s'éloignait à vive allure, laissant derrière lui deux rails parallèles qui s'enfonçaient dans la brume du soir comme ils s'enfonçaient dans sa solitude. Le bruit s'apaisait. Dans la gare désespérément vide, Marion songeait à Marseille, où elle n'était jamais allée. A partir de récits, de bribes de conversation entendues çà et là, elle en rêvait.

La mer apparaissait entre les pins et les massifs de roseaux. Elle formait de larges taches d'un bleu intense. La côte, rectiligne et sablonneuse, offrait le spectacle contrasté d'une nature sauvage et désolée à proximité d'un paradis fait de choses simples et splendides. Chacune, prise séparément, était banale et dérisoire : galet, brin d'herbe sèche, grain de sable, algue échouée sur le bord. Une fois replacée dans l'ensemble, elle participait à l'harmonie générale.

Marion ressentait ce contraste sans pouvoir l'expliquer. Elle l'avait sous les yeux depuis sa naissance. Elle en connaissait toutes les composantes. Certains jours, la force de l'habitude, émoussant le charme, entretenait une impression de banalité. D'autres fois, le voile recouvrant les choses, brusquement déchiré, révélait la beauté souveraine des lieux.

A quoi ce phénomène était-il dû ? Fallait-il l'imputer aux changements d'atmosphère, aux variations de la lumière, ou à l'humeur du promeneur ?

La sensibilité de Marion s'était constituée à partir de ces contrastes. Son caractère s'expliquait par le paysage et le climat. Elle était lumineuse et paisible puis, brusquement, sous l'emprise d'une cause inconnue, elle s'assombrissait ou piquait une colère qui disparaissait sans raison apparente, aussi vite qu'elle était venue.

« Elle tient ça de sa grand-mère Augustine », épiloguait Sidonie, qui avait vainement essayé de gommer les caprices et les aspérités de sa progéniture.

Quoique morte dans sa quarantième année, la grand-mère Augustine, dotée d'une forte personnalité, avait laissé des souvenirs durables. Les survivants de cette époque parlaient encore d'elle avec respect. Une maîtresse femme. De l'avis de Sidonie, Marion marchait sur ses traces.

L'esprit de Marion ne fonctionnait cependant pas dans le même registre. N'ayant pas connu sa grand-mère, elle ne pouvait se comparer à elle sinon à partir de ce qu'on en disait. Augustine, malgré son caractère bien trempé, ne s'était pas révoltée contre sa condition. Elle l'avait assumée. Courage, abnégation, endurance comptaient au nombre de ses vertus. Elle ne concevait pas de s'affranchir de la classe où le Seigneur tout-puissant l'avait fait naître. Augustine savait mener sa barque, affronter les hommes, leur tenir tête, mais elle pliait l'échine devant Dieu. Nul n'eût pu contester la sincérité ni la profondeur de sa foi.

Il n'en allait pas de même de sa petite-fille, rétive aux choses de la religion. Marion assistait à l'office du dimanche par force. Les prêches du curé soulevaient en elle une réprobation contenue à grand-peine. Elle avait été baptisée et avait fait sa communion solennelle, comme dans toutes les familles chrétiennes. Plus tard, vers quatorze ans, elle avait pris ses distances. Elle jugeait grotesques les contorsions rituelles. Le jour où la digue se romprait, sa révolte éclaterait. La vague libérée l'emporterait Dieu sait où.

Que voyait-elle à la messe ? Le partage se faisait entre les notables, titulaires de chaises réservées à leurs noms aux premiers rangs, et le menu peuple, qui s'asseyait où il pouvait, sur des bancs, ou assistait debout à l'office. Ceux qui arrivaient dans leurs plus beaux atours toisaient avec condescendance les autres, modestement endimanchés. Une minorité resplendissait, affichant des mines joviales de nantis bien nourris face aux visages hâves, couleur de cendre, de qui ne mangeait pas à sa faim et se tuait au labeur. Tous assistaient à l'office qui les fondait au sein de la même communauté. Le curé écartait les bras. Les yeux levés au ciel, il les déclarait frères en Jésus-Christ. Ils y croyaient. Sauf Marion.

Ces paroles entraient dans son cœur comme des échardes. Elles sonnaient faux à ses oreilles. C'étaient des paroles convenues, biaisées, destinées à circonvenir le pauvre monde, à manipuler les miséreux n'ayant de recours qu'en la religion, et la religion, gouvernée par les puissants, les abusait. Elle voyait lucidement que les rôles étaient distribués d'avance. Tout était mis en place pour que rien ne change. Et rien ne changeait, en effet.

Certaines conversations avec son grand-père lui revenaient en mémoire. Grâce à lui, elle avait appris beaucoup de choses au-dessus de son âge. Elle était allée à l'école. Elle avait ouvert des livres et beaucoup réfléchi. Elle ne pouvait pas en parler avec Eugène et

Sidonie, incapables de s'intéresser aux sujets qui la préoccupaient. Elle avait essayé de les aborder et ne s'était attiré que moquerie :

« Tu ferais mieux de penser aux choses sérieuses. Tu perds ton temps, ronchonnait sa mère qui, analphabète, se méfiait de l'engouement de Marion pour des sottises destinées à des paresseux.

— Ce ne sont pas des affaires de fille, ajoutait son père.

— Pourquoi ?

— C'est ainsi. »

Marion regardait avec une envie mêlée de haine les jeunes filles de la bonne société au teint pâle, arborant fièrement leurs rubans et leurs froufrous aux couleurs de bonbons. Elles se promenaient avec des mitaines, protégées par de légères ombrelles. Elles portaient des costumes fades et terriblement attirants. Marion se comparait avec dépit à ces petites princesses. Sa peau brûlée par le soleil, ses cheveux négligés, ses vêtements grossiers, rapiécés, si loin de la mode de ces pimprenelles... N'avait-elle pas le droit de leur ressembler ? De bénéficier des mêmes avantages ?

Quand elle mesurait la distance qui les séparait, elle trépignait de rage. Le monde était trop injuste.

Un bruit de roue caractéristique la tira de sa méditation. Des jantes de fer écrasaient la terre sèche en roulant et de petites pierres éclataient au passage. Ce bruit, ancré dans la mémoire de Marion, remontait à l'enterrement de Joseph.

Ce jour-là, elle marchait au premier rang, derrière le corbillard, les yeux baissés. La disparition de son grand-père la touchait profondément. Elle avançait pourtant dans un état d'indifférence, comme si l'événement ne la concernait pas. C'était réel et ça n'existait pas. Ce n'était pas vrai. Elle ne voulait pas que ce soit vrai.

Les roues ferrées, en tournant sous ses yeux, soulevaient de la terre des bruits de meules écrasant des grains. Une musique lancinante dont elle ne pouvait se détacher et qui la pénétrait, imprimant peu à peu en elle une tristesse indélébile.

L'enterrement avait lieu à l'église Saint-Louis. Le trajet jusqu'au cimetière était long. Cependant, fidèle à la tradition, tout le village accompagnait le défunt à sa dernière demeure. Un long cortège suivait le corbillard traîné par un vieux cheval placide caparaçonné de noir, avec des pompons blancs. Des couronnes et des gerbes recouvraient le catafalque. Finalement, la famille avait consenti un gros effort, et le défunt comptait plus d'amis qu'on ne le supposait.

Les gens s'arrêtaient respectueusement sur le passage du convoi. Les femmes se signaient. Les hommes retiraient leurs chapeaux.

« C'est certainement quelqu'un des Salins », avait entendu Marion.

Le bruit des roues sur la route réveillait toujours ce souvenir funèbre.

Marion s'arrêta et se retourna. La carriole arrivait au petit trot à son niveau. Elle reconnut le conducteur, qui ralentit et la salua de la main. C'était Auguste, un ouvrier des salins qui travaillait avec son père.

— Où vas-tu ? demanda-t-il.

— Aux salins.

— Monte. J'y vais.

— C'est pas de refus !

Il l'aida et se poussa pour lui laisser la place de s'asseoir. Son fouet effleura l'échine du cheval.

— Ya ! Ya ! lança-t-il en le faisant claquer.

La carriole s'ébranla.

— Tu vas voir ton père ? demanda Auguste.

— Oui. Il a oublié son déjeuner.

— Oh ! En ce moment, il a la tête percée.

— Vous croyez ? s'étonna Marion.

La réflexion d'Auguste, jointe aux propos pessimistes de Sidonie, l'inquiéta. Elle insista auprès d'Auguste pour en savoir davantage.

— Eugène a eu des problèmes au travail, répondit-il.

— Quel genre de problèmes ?

— Il s'est engueulé avec le contremaître. Ils ont failli en venir aux mains.

— Il n'en a pas parlé à la maison.

— Ah !... J'aurais mieux fait de me taire. On parle toujours trop, fit Auguste, confus.

— Au contraire, je vous remercie. Mieux vaut savoir. Est-ce que c'est grave ?

— Je ne sais pas. Luigi est un tordu. Il lui en veut. C'est évident. Il l'a à l'œil.

Ils allèrent un moment en silence.

— Luigi terrorise tout le monde, reprit Auguste. Tu le connais ?

— Non. Je l'ai vu de loin. Père n'en parle jamais.

— Il a raison de vous tenir en dehors de cette affaire.

— Je ne suis pas de cet avis. Ma mère et moi, nous pouvons l'aider. Mieux vaudrait que nous sachions.

— C'est une affaire d'hommes.

Marion médita cette parole qui l'excluait d'un monde. Elle se sentait prise entre deux murs infranchissables, celui qui séparait horizontalement la société en deux : les riches et les pauvres ; celui qui la séparait verticalement : d'un côté les hommes, de l'autre les femmes. Deux injustices dont elle ne s'accommodait pas.

Ils arrivèrent aux salins. La carriole franchit la grille. Auguste l'arrêta devant le grand bâtiment attribué aux bureaux. Une austère maison de pierre de deux étages, tout en longueur.

Luigi se trouvait à proximité, en train de discuter avec un monsieur en costume. Quand il vit qu'Auguste avait une passagère, il fronça le sourcil et s'avança d'un air peu amène. L'ouvrier n'avait pas le droit de transporter des gens étrangers à l'entreprise. Luigi se radoucit en reconnaissant Marion.

Il la salua de sa voix de baryton :

— Bonjour, mademoiselle Marion. C'est un grand plaisir que de vous voir ici.

Un sourire carnassier agrémenta ses paroles. La souris est dans le piège, pensa-t-il.

Auguste s'était éloigné, un peu lâchement, abandonnant la jeune fille. Il avait vu la transformation s'opérer chez le contremaître. Il venait d'échapper à une réprimande. Mieux valait se tenir à l'écart et laisser Marion se débrouiller seule.

— Que voulez-vous ? demanda Luigi.

— Apporter de quoi manger à mon père.

— Hum ! Donnez-moi le panier. Je le lui ferai passer.

— C'est que… bredouilla-t-elle, intimidée.

— Vous n'avez donc pas confiance en moi ?

— Si, mais… Je ne vous connais pas.

— Eh bien, faisons connaissance.

6

Sur le chemin du retour, Marion réprimait ses émotions. La crainte continuait de la troubler, quoiqu'elle essayât de se raisonner. Que pouvait-il lui arriver ? Elle sentait un poids sur sa poitrine. Elle éprouvait des sensations analogues à celles que l'on éprouve après avoir échappé à un grave accident. Luigi, sous prétexte de lui offrir un rafraîchissement, avait voulu l'entraîner à l'intérieur du bâtiment administratif. Elle avait obéi, comme paralysée. Sa volonté l'abandonnait. Elle suivait Luigi docilement, incapable de manifester sa réticence.

Il avait pris le panier et le portait, promettant de le remettre à Eugène à l'heure de la pause. Son attitude restait apparemment courtoise. Il ne manifestait ni gestes ni propos inconvenants. Au contraire, il multipliait les marques d'attention. Il simulait la bonté, la sympathie. Luigi était passé maître dans l'art de feindre, surtout avec les femmes, si promptes à gober les mensonges qui les flattent. Il déguisait son caractère quand son intérêt était en jeu et qu'il voulait parvenir à ses fins. Il se montrait sous son meilleur jour.

Voyant Marion sans défense, il déployait l'arsenal de la séduction de façon à la subjuguer et à la réduire. Son accent chantant y contribuait. Il jouait de sa voix comme d'un instrument de musique et faisait vibrer la fibre sentimentale. Une sourde menace émanait cependant de sa personne. En tout cas, Marion le ressentait ainsi. Elle flairait le danger et se tenait sur ses gardes.

Ce Luigi ne ressemblait pas aux hommes de sa connaissance. Ceux-ci étaient à l'image de son père ou des Capelli. Des ouvriers, des artisans, des paysans un peu rudes mais inoffensifs. On devinait au contraire, chez le Sicilien, une expérience différente de la vie, une conception étrangère aux mœurs des Hyérois. Quoiqu'il travaillât aux salins, il semblait n'être pas fait pour ça. Il portait une histoire plus riche, plus mystérieuse.

Au moment où Luigi ouvrait la porte et s'effaçait pour laisser entrer Marion, Eugène arriva, tout essoufflé. Auguste l'avait prévenu de la venue de sa fille et que celle-ci s'était fourrée entre les pattes du contremaître. Il s'était aussitôt précipité.

Luigi, courroucé, fronça les sourcils. Pour ne pas se découvrir, il se retint de tancer violemment Eugène pour abandon de poste. Il se contenta de reprocher, sans forcer le ton :

— Tu n'aurais pas dû quitter ton poste, Eugène.

— Ma fille... commença Eugène.

— Ta fille n'est pas une excuse, trancha Luigi. On

ne reçoit pas de visites sur les lieux de travail. C'est le règlement. Je n'y peux rien.

Se retournant vers Marion, il ajouta avec un sourire confus :

— Je regrette, mademoiselle.

Il répéta :

— C'est le règlement.

Il tendit néanmoins le panier à Eugène.

— Prends ça. Elle l'a apporté pour toi.

Il accompagna son geste de ces mots à l'adresse de Marion :

— C'est bien pour vous être agréable.

Marion profita de la présence de son père pour s'éloigner.

— Revenez me voir quand vous voulez ! lança Luigi. Je serai toujours là pour vous !

Revenir, elle n'y songeait pas. Son instinct l'avertissait de fuir cet homme au plus vite. Avec ses cheveux de corbeau, ses sourcils épais soulignant un regard ardent et sombre, il n'annonçait rien de bon. Ses amabilités ne dissipaient pas le malaise.

Ce n'était pas un détail qui avait frappé Marion et qu'elle interprétait comme un signe néfaste. Non, c'était quelque chose de diffus, une impression d'ensemble émanant de la personne du contremaître. Si elle ne se tenait pas prudemment à l'écart de cet homme, hors de sa portée, elle sentait qu'elle ne pourrait pas lutter contre sa force d'attraction. Il exerçait une fascination maléfique. Elle finirait par céder, comme une oiselle charmée par un rapace. Alors, où ce diable l'entraînerait-il ? Vers quel horizon balayé de tempêtes et de mystères rugissants ?

L'inspecteur Roger Vigliante était en train de siroter son absinthe, place de la Gare, à la terrasse de son bar favori, quand il aperçut Jean-Baptiste Devignol. Le patron des salins marchait sans se presser, l'air soucieux. Deux rides barraient son front. Il portait sous le bras une grosse sacoche de cuir.

Vigliante le héla :

— Monsieur Devignol !

L'autre s'approcha.

— Bonjour, inspecteur.

— Asseyez-vous. C'est l'heure de l'absinthe.

— C'est que... Je suis un peu pressé.

— Bah ! On a toujours le temps de boire un verre avec les amis. Sinon, c'est la fin de tout.

— Sans doute avez-vous raison, soupira Jean-Baptiste Devignol, s'avisant tardivement du double sens de ces paroles.

Vigliante associa l'inquiétude peinte sur le visage de Devignol aux rumeurs affectant la réputation des salins. Les deux hommes se connaissaient depuis une quinzaine d'années, depuis l'entrée en fonction du douanier. A cette époque, il n'était encore qu'un agent ordinaire, et Devignol ne dirigeait pas encore l'entreprise, gouvernée d'une main de fer par feu son père, Firmin Devignol, qui avait assuré son essor.

Elle était florissante, en pleine expansion, et jouait un rôle important dans le dynamisme économique du pays. Les marchés s'ouvraient. Une cinquantaine d'ouvriers travaillaient en permanence sur le site. On en comptait trois ou quatre fois plus en période de grande activité, voire plusieurs centaines au moment de la saunaison.

Ces conditions n'avaient guère changé. Le douanier n'avait découvert aucun trafic au cours des années précédentes, sinon des affaires vénielles traitées dans la routine, dans lesquelles la responsabilité de la Société des Salins n'était pas engagée. Les récoltes s'équilibraient comme d'ordinaire, en fonction des fluctuations climatiques.

Ses renseignements ne révélaient aucune malversation. Il avait eu à ce sujet un entretien privé avec le commissaire Bouzargue. Quoique au courant des rumeurs, celui-ci ne savait à quoi les attribuer. Une enquête discrète n'avait pas abouti. Rien ne motivait le moindre soupçon. Un corbeau semait peut-être ces bruits par pure malveillance. Un ouvrier licencié, un rival malheureux, peut-être un concurrent sans scrupules. Tout cela restait de l'ordre de la conjecture. Il n'y avait rien de solide.

Le garçon apporta l'absinthe. Le rituel de la préparation absorba Devignol un instant. Il posa le sucre sur la cuillère en équilibre sur le verre, versa dessus, avec précaution, un filet d'eau fraîche. Le sucre fondit lentement tandis que l'alcool vert se troublait.

— Alors, comment vont les affaires ? demanda Vigliante, mine de rien, comme s'il voulait simplement amorcer la conversation.

— Il faut attendre la récolte, répondit Devignol. Je crois qu'elle sera bonne. Evidemment, on peut toujours craindre un sale temps. Si un gros orage éclate, on risque de perdre des camelles.

— C'est peu probable. Le beau temps s'est installé.

— Dieu vous écoute !

Lors de la création des salins, les promoteurs envisageaient de couvrir plus de deux cents hectares de damiers à sel. En 1850, la production atteignait déjà cinq cent quarante-cinq tonnes. Trois ans plus tard, elle avait triplé. Le père de Jean-Baptiste, Firmin, s'en félicitait. Depuis, elle dépassait largement les vingt mille tonnes. L'explication des rumeurs – à supposer qu'il y en ait une – ne se trouvait pas là.

Devignol sortit sa montre de son gousset.

— C'est l'heure, dit-il. Je ne veux pas rater mon train.

— Vous nous quittez ?

Agacé par la curiosité du douanier, Jean-Baptiste Devignol répondit sèchement :

— Juste un aller retour.

— Bon voyage. Et à bientôt.

Devignol se força à sourire.

— Merci.

L'inspecteur le regarda traverser la place, entrer dans la gare. Le train en partance s'arrêtait à Toulon.

Rien ne disait que le patron des salins n'allait pas plus loin.

Vigliante commanda une autre absinthe et se mit à réfléchir. Ce Jean-Baptiste Devignol, au fond, il le connaissait à peine. Contrairement aux gens du pays, il n'était ni causant ni liant. Pour tout dire, un certain mystère le protégeait. On savait de quoi il retournait avec ses parents, sa famille. Pas avec lui. Certes, son comportement ne laissait apparaître aucune aspérité. On eût cherché en vain un reproche à lui faire, un grief à lui opposer, un écart de langage ou un excès quelconque. Sa vie s'écoulait, selon un rythme d'une monotonie exaspérante, entre sa villa et son bureau. Sauf pour de brefs voyages, comme aujourd'hui.

Ces déplacements offraient la particularité d'être irréguliers. Plusieurs semaines s'écoulaient quelquefois entre deux voyages. Vigliante avait noté machinalement le fait, comme il le faisait de beaucoup de choses. C'était utile dans son métier. Sans doute Devignol honorait-il des rendez-vous d'affaires impossibles à tenir à Hyères. Il avait la réputation d'être casanier.

Les Devignol, rétifs aux mondanités, recevaient peu. Leurs invités se recrutaient principalement dans un petit cercle d'amis, toujours les mêmes, négociants ou riches commerçants implantés depuis des générations. Certains, des jaloux et des envieux, les taxaient de snobisme, travers qu'ils n'avaient pas en réalité. Ils évitaient simplement les nouvelles têtes, par confort, et les tracasseries de devoir se mettre en frais pour des inconnus. Ils se suffisaient à eux-mêmes et ne manifestaient nulle envie de frayer, surtout avec de pseudo-personnalités dont le vernis n'était pas encore sec.

Ainsi, quoique l'inspecteur Vigliante entretînt des relations amicales avec Jean-Baptiste, il n'avait jamais franchi le seuil des Devignol. Non plus que le commissaire Bouzargue, ni les quelques notables qui prétendaient incarner l'élite de la cité mais pâtissaient d'être trop neufs.

A l'ombre des clochers de province, la fatuité pousse comme le chiendent. Se savoir ignorés par le patron d'une des plus grandes entreprises du pays les humiliait. Ils en ressentaient de la rancœur à proportion de leur vanité blessée. Peut-être, se dit Vigliante, faudrait-il chercher dans cette engeance la source des malveillances qui jetaient le discrédit sur l'état des salins.

Le Tourlourou vibrait comme une ruche à l'heure de pointe. Mais celle-ci, au lieu d'abeilles laborieuses, abritait des taons, des guêpes, des frelons, des cousins. Marsias, ceint d'un grand tablier bleu, se démenait comme un beau diable. Il jonglait avec les bouteilles et les verres, pour satisfaire la clientèle, lâchant tantôt une plaisanterie salace, tantôt un juron. Il en connaissait des tas, ramenés de tous les coins du monde, et ne se privait pas de les assener à tout bout de champ. Il appelait ça « égrener le chapelet ». De quoi faire mourir d'apoplexie le chanoine de Saint-Paul, un brave homme rondouillard dont la soutane élimée frottait par terre.

De temps en temps, Marsias posait sur le zinc une poignée d'olives, ou, plongeant la main dans un bocal, il en extrayait des filets d'anchois qu'il posait directement sur du papier gras.

— Marsias, une autre tournée ! lança Luigi.

— Oh ! fit le bistrotier. Tu as fait un héritage ?

— Tu me vois ? J'ai pas de famille, moi.

— Bah ! soupira un grand type maigre, au visage anguleux et aux yeux enfoncés dans les orbites, surnommé Ficelle, tout le monde n'a pas la chance de naître orphelin.

Luigi lui décocha un regard noir. Mais il s'abstint de tout commentaire. Il n'aimait pas qu'on plaisante avec la famille. Cela éveillait des souvenirs douloureux qu'il refoulait depuis sa fuite de Sicile. Il les transportait avec lui, où qu'il aille. Croyait-il les oublier ? ils resurgissaient au détour d'une phrase, comme ce soir.

Il vida son verre d'un trait et le tendit derechef à Marsias.

— Encore !

Marsias grimaça.

— Tu crois pas que tu as assez bu ?

Luigi crispa les mâchoires, siffla entre ses dents :

— Verse.

Marsias obtempéra. Le Sicilien ne laissait pas d'ardoise. Il payait. Quand un client paie, il a tous les droits. Le patron appliquait cette règle et s'en trouvait bien. Il se demanda cependant ce qui poussait l'autre à boire plus que de coutume. Luigi tenait l'alcool mais n'en abusait pas. Contrairement à d'autres, qui trouvaient plaisir à se saouler, lui ne tombait jamais ivre mort.

Luigi aimait parler, plaisanter, raconter des histoires. Il contribuait à l'ambiance du Tourlourou, dont il était devenu une des figures. Il se montrait cependant avare de confidences. Rien ne filtrait de sa vie privée. Mis à part quelques altercations et des rixes, son existence semblait se dérouler sans incident, plongée dans cette banalité provinciale qui sécrète un ennui mortel.

Le mystère planait sur son passé. On devinait qu'il avait des choses à cacher. On en parlait à demi-mot, derrière son dos, de peur de le provoquer. Quant à savoir si des souvenirs le tourmentaient ou s'il avait des états d'âme, personne ne se serait avisé d'en décider. Pas même ceux qui se flattaient de son amitié. N'avait-il pas déclaré, un soir où il était d'humeur sombre :

« Les gens de mon espèce n'ont pas d'amis. »

Luigi avisa une brune pulpeuse de sa connaissance, assise à une table à l'autre bout du bar, rêvassant devant un verre vide. Cette beauté sensuelle et vulgaire évoquait des souvenirs un peu crus. Elle avait de rondes épaules un peu grasses, le teint clair, la chair épanouie. Sa poitrine, à demi dénudée, offrait la vision de deux fruits fermes et généreux reposant sur un coussin de dentelle.

Nanou avait déjà eu des bontés pour Luigi. Leur commune origine transalpine les rapprochait. Nanou

– en réalité Lisa Versatti – arrivait de Naples. Comme beaucoup de ses compatriotes, Piémontais, Toscans, Napolitains, elle s'était installée à Hyères. La ville comptait une forte communauté italienne dont la plupart des familles allaient faire souche. On recensait déjà mille sept cent cinquante-trois Italiens à Hyères en 1876. L'agriculture manquait toujours de bras, surtout depuis l'extension de la culture des fleurs, des fruits et des primeurs, due à l'irrigation, l'emploi de nouveaux engrais et la construction de la voie ferrée, qui permettait une ouverture sur l'extérieur. L'immigration avait continué. En 1910, la communauté transalpine dépassait largement les deux mille âmes, sans compter ceux qui avaient obtenu la nationalité française.

Les travaux saisonniers abondaient avec les vendanges, le ramassage des olives ou des châtaignes, la cueillette des fruits. Les conditions de vie étaient nettement meilleures que celles qu'ils avaient connues au pays. Ils bénéficiaient d'une amélioration de la conjoncture économique consécutive au désenclavement de la cité.

Sans faire commerce de ses charmes, Nanou en usait au gré de ses béguins, dont la fréquence dépendait de son humeur. La séduction virile du Sicilien avait agi sur elle. Nanou trouvait ce beau garçon taciturne à son goût. Cette fille, formée à la dure école de la vie, éprouvait pour son compatriote une étrange faiblesse.

Que se passait-il dans sa tête et dans son cœur ? Allez savoir ! Peut-être avait-elle besoin de la présence à ses côtés d'un homme de ce type, robuste, avare de sentiments, exerçant sur elle une autorité qui lui manquait, quitte à la brutaliser parfois.

Il s'approcha, s'assit à sa table, à califourchon sur une chaise, les mains posées sur le dossier.

— Quelque chose ne va pas ? demanda-t-il.

Elle se rebiffa :

— Fiche-moi la paix !

— Tu as l'air morose.

— C'est pas tes oignons.

— T'énerve pas, Nanou, c'est juste pour parler.

— Alors, fais-moi plaisir : tais-toi.

Il resta un moment silencieux, feignant de s'absorber dans le va-et-vient des clients.

Puis il proposa :

— Je te paie un verre ?

Nanou hocha affirmativement la tête. Elle avait l'air désemparée. Il eut pitié d'elle.

Quelques instants plus tard, Nanou sortait du Tourlourou au bras de Luigi.

7

La campagne hyéroise ressemblait à un immense jardin. La végétation, d'une grande variété, s'étendait avec profusion jusqu'à la mer, distante d'une lieue. Elle entourait les collines d'un manchon de verdure piqué de couleurs éclatantes, changeant au rythme des saisons. L'air sentait tantôt la fleur d'oranger, tantôt l'essence des pins surchauffés par l'été. De subtils parfums s'exhalaient des fleurs cultivées en plein champ. Aux premiers jours d'automne, lorsque les vignes viraient au roux, l'atmosphère s'alourdissait d'une capiteuse odeur de moût.

A côté de la vigne, de l'olivier, des vergers, prospéraient les orangers, les cédratiers, les citronniers, les grenadiers. L'aigrette d'un palmier émergeait par endroits, apportant une touche exotique à l'ensemble. Hyères avait dû sa renommée successivement à la culture de l'oranger, pour l'essence de sa fleur puis pour son fruit, et, ensuite, au développement des palmiers. La ville leur devait une notoriété européenne, déterminante lorsque de riches étrangers la choisiraient, surtout en période hivernale, comme lieu de villégiature. Elle connaîtrait alors son âge d'or et offrirait à Marion des salins la chance de sa vie.

La nature donnait ici le meilleur d'elle-même. Des voyageurs avaient parlé à ce propos d'un délicieux éden. Le site d'Olbia, qui faisait partie de la commune, corroborait cette impression, puisque ce nom grec signifiait justement « terre heureuse ». Si on pouvait imaginer le bonheur possible quelque part, c'était bien ici, dans ce coin de terre le plus au sud de la côte méditerranéenne.

Marion pensait la même chose. Elle bénissait la fortune qui l'avait fait naître là. D'ordinaire, prise par la vie, elle ne s'avisait pas de cette chance extraordinaire. A d'autres moments, le voile se déchirait brusquement, sans qu'elle sût pourquoi. Elle regardait alors le paysage d'un œil neuf, comme si elle le découvrait, et ce qu'elle voyait la plongeait dans un bonheur ineffable.

Il n'en avait pas toujours été ainsi. Autrefois, les marais qui entouraient la ville, alimentés par les crues du Gapeau, constituaient un véritable fléau. Non seulement à cause des pestilences qui rendaient l'air irrespirable par temps de grosses chaleurs, mais surtout parce que les eaux stagnantes favorisaient la prolifération des moustiques et que les émanations méphitiques engendraient des fièvres, notamment le paludisme. Ces étendues croupissantes formaient une barrière naturelle entre la ville, construite sur les hauteurs, et la mer.

En 1810, le préfet avait pris conscience de la gravité de la situation. En 1824, suivant ses conseils, de grands travaux d'assèchement des marais avaient commencé. Le Roubaud avait même été détourné de son cours. Tout cela avait permis de gagner de nouvelles terres à l'agriculture, d'assainir l'atmosphère et de transformer le paysage, devenu plus beau.

On était au mois de février, l'hiver s'écoulait sans rigueur. La journée tempérait le froid du matin et le ciel était d'un bel azur. Sur les pentes, de petites boules jaunes s'épanouissaient. Elles se répandaient d'arbre en arbre à la manière d'une neige d'or. Les mimosas étaient en fleur. Pendant quelques semaines, ils offriraient un extraordinaire spectacle, un gloria de la nature. Puis, trop vite, la couleur s'altérerait, passerait. On se souviendrait avec nostalgie de tant de beauté répandue et de sa fugacité. C'était le moment de couper les branches de mimosas et de les expédier chez les fleuristes. Il ne fallait pas tarder, cueillir avant que les petites boules d'or ne flétrissent.

Comme d'habitude, Marion avait été embauchée par un producteur de Bormes, Baptistin Laudier, chez qui elle travaillait périodiquement depuis maintenant trois ans. Ce riche propriétaire terrien l'avait prise en amitié. D'autant qu'il avait un garçon, un peu plus âgé, qui trouvait la jouvencelle fort à son goût. Alphonse

Laudier faisait les yeux doux à la jeune saisonnière si fraîche et si gaie. Malheureusement, il était gauche et très timide.

Marion s'amusait de sa cour discrète sans penser à mal. Elle ne cherchait pas à se moquer cruellement de son soupirant mais il ne l'attirait pas. C'était un gros balourd noir de peau, au front bas, large d'épaules, avec de gentils yeux de chien. Rien à voir avec le portrait du prince charmant.

Marion attendait, au bord de la route, la charrette qui devait la conduire, avec d'autres jeunes filles, chez les Laudier. Le trajet était long et inconfortable. Il fallait partir tôt, avant le lever du soleil, pour arriver à temps et travailler jusqu'au soir. Elle portait une longue jupe prune sur laquelle était noué un tablier, un corsage blanc aux manches retroussées sur les avant-bras. Elle arborait un chapeau de paille duquel pendait un voile tombant sur ses épaules. Ce costume était gênant pour travailler mais il correspondait à la tradition. Toutes les jeunes filles étaient vêtues de même, chacune apportant cependant son brin de fantaisie. La trame commune autorisait des variations infinies et ces jouvencelles cherchaient à se distinguer. Contrairement à Marion, plus d'une aurait aimé aguicher le fils Laudier.

Marion aurait pu ne pas aller si loin pour trouver de l'embauche. Elle le faisait pour plusieurs raisons. D'abord, elle s'éloignait de chez elle. La distance qui la séparait de ses parents lui procurait une impression de liberté bien agréable. En deuxième lieu, Baptistin

Laudier payait bien et traitait ses ouvrières avec humanité. Enfin, la considération particulière que le père et le fils lui accordaient la flattait, même si leurs bonnes dispositions à son égard étaient sans conséquence.

Peut-être cédait-elle aussi à la magie des mimosas. La profusion de boules d'or sur les pentes de Bormes produisait une atmosphère grisante. La nature se parait pendant quelques semaines pour s'offrir dans toute sa majesté. L'explosion de cette richesse communiquait à la jeune fille sa force et sa faiblesse, ses illusions et la réalité. Elle triomphait avec elle comme si, participant de la même harmonie, elles avaient partie liée. En même temps, à cause de la brièveté de l'éclat de ces fleurs si particulières, Marion ressentait une profonde tristesse. La nature ne tenait pas toutes ses promesses. Les fleurs du mimosa brillaient puis disparaissaient. Ainsi allait le train du monde.

La vérité est consternante, songeait Marion. Mais sa joie de vivre reprenait le dessus.

Jean-Baptiste Devignol trompait son monde. Pas comme le subodorait le douanier Vigliante qui, par déformation professionnelle, imaginait quelque trafic sordide dans lequel le patron des salins serait mouillé jusqu'au cou. L'hypothèse fournissait une explication plausible aux difficultés supposées de son entreprise. Vigliante ne soupçonnait pas qu'une affaire sentimentale pût ébranler la réputation d'un Jean-Baptiste Devignol. Tel était pourtant le cas. Cet homme réservé, jusque-là irréprochable, n'avait jamais donné le moindre signe d'une vie dissolue. Or ses expéditions ferroviaires intermittentes ne le conduisaient pas vers de prétendus déjeuners d'affaires, des officines où l'argent constituait le sujet exclusif des conversations, non, elles l'entraînaient vers des rendez-vous d'amour.

A quarante-cinq ans, Jean-Baptiste Devignol s'était épris d'une chanteuse de café-concert, une théâtreuse pour laquelle il était prêt à toutes les folies. Il la comblait de cadeaux, la sortait dans les meilleurs endroits, lui susurrait à l'oreille des serments d'adolescent énamouré. Marseille et Aix-en-Provence étaient assez loin de Hyères pour que son aventure ne fût pas éventée. Il était néanmoins très prudent. La perspective d'un scandale l'effrayait.

La sagesse commandait de rompre, de mettre un terme à une liaison qui le saignait à blanc et ne déboucherait nulle part, sinon sur un drame. Il s'en sentait incapable. Quand il se raisonnait, il croyait pouvoir décider. Puis, la passion reprenait le dessus.

Personne n'avait encore percé son secret. Quelquefois, au gré des tournées de sa maîtresse, Devignol poussait jusqu'à Paris. Il découvrait la capitale avec ravissement. Hors de chez lui, ce n'était plus le même homme. Il vivait a posteriori une jeunesse jamais connue. Il se déridait, plaisantait, ne manquait pas de fantaisie, mangeait de bel appétit. Il laissait libre cours à des désirs jamais encore assouvis.

Sa femme, corps sec, poitrine creuse, subissait ses rares étreintes avec résignation. Sa mauvaise grâce le dissuadait des préliminaires. Sa soumission rendait caduques ses velléités. Tandis que sa fougueuse chanteuse le faisait grimper dans les cintres.

Il serait mort sans rien connaître de l'amour si Cupidon n'avait placé malicieusement sur sa route la blonde et capiteuse Dany Duval qui, au premier regard, avait enflammé son sang. Depuis, il ne cessait de penser à elle, de fantasmer sur ses seins, ses fesses, ses cuisses, son sexe. A quarante-cinq ans, il découvrait qu'il avait un cœur qui battait, un corps qui jouissait, une imagination qui galopait. Il s'abandonnait à la griserie de ce printemps tardif sans se soucier si ses bourgeons laisseraient ou non un goût amer. Mû par un épicurisme nouveau, il profitait du temps qui passe.

A chaque escapade, il appréhendait le retour comme un véritable supplice auquel il devait se soumettre. Il montait dans le train la mort dans l'âme. Le paysage défilait par la fenêtre et sombrait dans le néant, emportant la meilleure part de lui-même. Dans quelques heures, il serait chez lui. Sa femme l'accueillerait avec ses éternels bandeaux et son sourire fané. Il rendosserait sa livrée de patron sérieux et responsable, de notable considéré.

Combien il étouffait dans ce carcan de conventions, il s'en avisait seulement maintenant. Les années perdues remontaient à sa gorge, ainsi des reliefs d'un festin froid et indigeste qui donnent des nausées. Dany Duval avait réveillé son tempérament romanesque refoulé depuis l'enfance. Malgré le contrôle qu'il exerçait par habitude sur son caractère, il cédait à des impulsions surprenantes pour son entourage.

Ce comportement ne cadrait pas avec le personnage. On mettait ces anomalies sur le compte des soucis et de la fatigue. Lui ne détrompait pas. Il se prêtait à cette interprétation qui fournissait le meilleur alibi. Quelqu'un hasarda même l'hypothèse qu'il voyageait si souvent pour consulter un savant médecin. Jean-Baptiste convenait avec amusement qu'il s'agissait en vérité d'une thérapie efficace mais dans laquelle les disciples d'Esculape avaient moins de part que ceux d'Eros et d'Aphrodite.

Une ombre gâchait cependant le tableau. L'entretien d'une maîtresse coûtait cher, et plus encore s'agissant d'une chanteuse de café-concert adulée, placée sous les feux de la rampe, exposée à la convoitise d'une ribambelle de soupirants plus brillants et plus fortunés que ne l'était Jean-Baptiste Devignol. Il honorait des dépenses outrepassant ses possibilités. Il puisait dans la caisse de la société après avoir quasiment épuisé ses économies, vendu des titres, des obligations, des actions, ce qu'il avait puis ce qu'il n'avait pas. Pour compenser, il s'était mis à jouer au casino, à miser sur les chevaux, à quoi il ne connaissait strictement rien. Le manège enchanté le conduisait droit à l'abîme.

Parfois, dans un moment de lucidité, il se figeait, en proie à l'angoisse. Il marchait au-dessus du gouffre qu'il avait creusé lui-même. Comment cela finira-t-il ? Où trouverai-je l'argent pour me sortir d'affaire ? se demandait-il. Je ne peux compter sur aucune aide puisque personne ne connaît ma situation et que je ne la divulguerai pas. Il se voyait déshonoré, ruiné, rejeté, submergé par le scandale. Jamais je ne m'en remettrai. Je suis fichu. Ma vie est terminée. Pourtant, il suffisait que Dany Duval lui ouvre les bras et il oubliait tout.

Tandis qu'il réfléchissait de la sorte, en suivant les arguments de la raison, une petite voix de sirène troublait sa conscience et l'incitait à ne pas renoncer aux plaisirs offerts par sa maîtresse, à plonger plus avant dans la folie qui l'affranchissait des convenances. Il se ressaisissait alors et leur faisait mentalement un pied de nez. Que savaient-ils de la vraie vie, la morbide troupe des censeurs, les moralisateurs, les pudibonds bardés de principes, les pères la pudeur qui prétendaient l'empêcher d'être heureux ?

Et si son bonheur à lui était justement de se détruire, de se consumer dans les ardeurs de l'amour pour en goûter, au moins une fois dans sa vie, la dévorante intensité ? Quand on a vécu cela, le rideau peut retomber. Le souvenir suffit à entretenir la flamme jusqu'au dernier souffle. On vit dans le passé plutôt que dans le présent ou l'avenir, certes. Mais combien de gens ne peuvent en dire autant ? Combien ne possèdent pas pour viatique le trésor de tels souvenirs ?

La fenêtre de l'hôtel Beauvau donnait sur le Vieux-Port. Des barques, des tartanes, de petits caboteurs au mouillage, les voiles affalées, se dandinaient sur le plan d'eau. Des vols de gabians traversaient le ciel en émettant des cris lugubres. Des sacs, des fruits en vrac, des caisses, des amas de charbon, des piles de bois exotiques encombraient les quais où s'affairaient portefaix, pêcheurs, matelots à l'escale, badauds.

Jean-Baptiste Devignol retenait toujours une chambre dans cet hôtel, le plus beau et le plus célèbre de la cité phocéenne. On assurait que Musset et George Sand y avaient abrité leurs amours orageuses. Que ces murs aient été témoins de leurs ébats l'excitait. Dany et lui succédaient aux amants romantiques et sur cette illusion il magnifiait leur union.

Dany, délestée de son corset, en guêpière noire, était assise sur le lit, le dos douillettement enfoncé dans un amas de coussins.

— Ferme la fenêtre. J'ai un peu froid.

— Il fait un temps splendide, s'étonna-t-il. Regarde donc ce ciel !

— Fais-moi plaisir, Bichou, ferme.

Il obéit. Il fondait littéralement lorsqu'elle l'appelait Bichou. Sa voix chaude, aux inflexions rauques, glissait sur lui comme une caresse.

— Tu ne te sens pas bien ? s'inquiéta-t-il.

— Non, mais le soir tombe. Le temps est humide. Je fais attention à ma voix. Ce soir, c'est ma dernière représentation. Je dois être au mieux de ma forme.

— Ce sera un triomphe !

— Tout le monde n'a pas tes raisons d'aimer le spectacle, fit Dany Duval. Toi, tu applaudis tout ce que je fais. Tu es de parti pris.

— Inconditionnel.

— Voilà ! Je ne peux pas me fier à ton jugement.

Jean-Baptiste s'assit sur le lit, l'embrassa dans le cou. Ses lèvres glissèrent le long des épaules, descendirent doucement vers les seins. Elle émit un gémissement en le pressant contre sa poitrine. Dany ne résistait pas aux caresses.

Quand ils eurent fait l'amour, elle le gourmanda :

— Tu es incorrigible.

Le plaisir s'apaisait lentement dans ses veines. Elle haletait encore. Il voyait sa poitrine se soulever. Son regard était trouble, ses lèvres pâles, ses traits tirés.

— Ce soir, je serai moche, dit-elle. A cause de toi, j'aurai des poches sous les yeux. J'ai besoin d'un remontant. Fais monter du champagne.

8

Marion ne manquait pas de soupirants. Sa séduction s'exerçait naturellement. Elle savourait sans penser à mal ce pouvoir que la nature lui donnait sur les hommes. Elle commençait à en comprendre le fonctionnement, apprenait à s'en servir. Elle se promettait de l'utiliser pour satisfaire ses ambitions, sans l'oser encore car aucune bonne occasion de le faire ne se présentait.

Elle ne se montrait ni coquette ni provocante. Aguicher n'était pas dans son tempérament. Quand certaines de ses amies se comportaient de la sorte, leur manège l'irritait. Il s'agissait à ses yeux d'une coupable faiblesse, un manque de dignité, une absence d'orgueil. Elle évitait de ressembler à ces mijaurées. La vie les métamorphoserait en gourgandines tandis qu'elle, Marion, réussirait sans transiger.

La sévérité de son jugement, son injustice involontaire ne gênaient pas sa conscience. Elle ne s'interrogeait pas sur les causes de comportements qu'elle réprouvait. La fortune l'avait placée au-dessus du lot en la dotant d'aptitudes peu communes. Tel n'était pas le cas de ses amies engagées dans l'existence avec des moyens limités et devant se débrouiller avec. Intransigeante Marion, quoique sortie du même milieu défavorisé, elle méprisait celles qui ne se situaient pas à son niveau.

Sa mère, qui la perçait à jour, la prévint avec une hargne attisée de rancœurs accumulées :

— Toi, ma fille, la vie se chargera de te dresser. Tu fais la fière. Profite, ça ne durera pas.

— On dirait que ça te fait plaisir.

— Je suis réaliste, voilà tout, trancha Sidonie.

En disant cela, elle semblait attirer le mauvais sort sur Marion. Sa fille avait honte d'elle. Elle la jugeait sévèrement pour ne s'être pas rebiffée autrefois. Elle en parlait à son aise. Les jeunes d'à présent n'affrontaient pas de difficultés comparables à celles de jadis. Chaque génération portait son fardeau mais celui de la nouvelle était beaucoup plus léger.

Sidonie avait accepté faute de pouvoir faire autrement. Les femmes de son espèce n'échappaient pas à leur sort. Elles s'avançaient sur une voie tracée d'avance. Impossible d'en sortir. Elles subissaient la tutelle des parents, des frères, des maris. Elle aussi avait caressé des rêves en secret, bien sûr. Ils étaient trop à l'étroit dans sa tête. La réalité avait tranché.

Les corvées ménagères, les grossesses et les fausses couches, les servitudes conjugales, l'angoisse des fins de mois avaient précocement étouffé ses velléités de bonheur. Maintenant, elle n'y pensait plus. Sauf lorsque Marion accusait durement ses renoncements, ses démissions, ses échecs. Une juxtaposition de vies ratées, telle la sienne, constituait la société. Une société nouée d'impuissance, résignée, dont les vicissitudes avaient cassé les ressorts.

Lorsque Marion repartit à la cueillette des mimosas, Sidonie la suivit d'un regard réprobateur. En elle se déroulait un terrible combat, un dilemme inavouable et monstrueux. L'amour maternel et la haine se disputaient la suprématie. Chacun l'emportait tour à tour.

Ce soir-là, quand Eugène Figuières revint du travail, sa femme l'arrêta.

— Laisse-moi le temps de me changer, grogna-t-il.

— J'ai à te parler.

— Je suis las. Ça ne peut pas attendre ?

— Non.

— C'est donc si important ?

— Il s'agit de notre fille.

— Marion ?... Qu'a-t-elle fait ?

— Asseyons-nous et causons.

— Elle n'est pas rentrée ?

— Non. Si elle était là, je ne pourrais pas te parler.

Sidonie désigna une chaise, près du feu

— Dame ! fit-il. Voilà bien des mystères. J'espère que tu ne me fais pas perdre mon temps.

— On ne perd pas son temps lorsqu'on le consacre à ses enfants.

Eugène soupira, résigné. Il détestait les discussions. Réfléchir l'assommait. En général, il laissait à sa femme le soin de résoudre les problèmes. Son rôle consistait à travailler aux salins et à rapporter l'argent du ménage. Pas question de lui demander davantage. Quand il rentrait, il aspirait à la paix, au repos, au silence. Il estimait les avoir mérités.

Sidonie s'en accommodait. Ces dispositions lui laissaient une marge de liberté. D'une certaine façon, elles lui donnaient barre sur son mari, exemplaire dans le rôle du balourd. Elle s'estimait, non sans raison, plus fine et plus intelligente que ce pauvre Eugène, pas plus futé qu'un soliveau. Beaucoup de couples fonctionnaient ainsi. Le plus fort n'était pas celui qu'on pensait.

— Marion m'inquiète, commença-t-elle. Marion ne ressemble pas aux filles du quartier. Je crains qu'elle ne se monte la tête.

— Oh, ça lui passera, dit Eugène avec philosophie.

— Je ne partage pas ton optimisme. Ces idées sont bien ancrées dans sa cervelle. Ta fille a la folie des grandeurs. Un jour, elle tombera de haut. Il faudra ramasser les morceaux. Elle ne devrait pas oublier d'où elle vient et où elle va.

Le front d'Eugène se plissa sous l'effort de la réflexion. Il manquait d'habitude.

— Nous devons la marier, suggéra-t-il dans une illumination qui s'accompagna d'un sourire satisfait.

— Ce serait la solution. Mais mademoiselle ne veut pas. Elle attend le prince charmant.

— Elle peut l'attendre encore longtemps, ricana Eugène. Ce bougre ne fréquente pas les masures. Marions-la. Elle vient d'avoir dix-sept ans.

— C'est ce que je lui ai dit. Mais elle n'en démord pas. Elle a confiance en son étoile. Tu parles !

Eugène se leva, marcha un moment de long en large devant la cheminée. Les flammes projetaient des ombres changeantes sur son visage. Puis il s'arrêta devant Sidonie.

— J'ai eu un entretien avec le père Laudier, reprit-il. Tu sais combien il apprécie Marion.

— Son fils aussi, ajouta malicieusement Sidonie.

— Oui. Il est justement venu me voir pour ça.

— Il est venu de Bormes exprès ? Fichtre !

— Il a tâté le terrain. Son gamin est très épris de Marion. Laudier ne verrait pas leur union d'un mauvais œil.

— Alphonse est un beau parti. Il a du bien. Qu'as-tu répondu ?

— Que sa proposition nous faisait beaucoup d'honneur, que j'allais t'en parler et interroger Marion.

— Elle refusera.

— Pourquoi le ferait-elle ? s'étonna Eugène.

— Alphonse est un paysan. Elle n'en voudra pas.

Eugène frappa du poing sur la table.

— Et elle, d'où sort-elle ? Elle n'est pas née avec une cuillère en or dans la bouche ! Elle fera ce que je lui ordonnerai de faire, gronda-t-il.

Sidonie coula vers lui un regard oblique.

— Tu te vois en train de contrarier ta fille ? dit-elle doucereusement.

Il ne trouva rien à objecter. Sidonie savait où porter les coups. Il alla chercher la bouteille de vin et s'en servit un verre, histoire de se remonter le moral. Quand Sidonie le désarçonnait, il cherchait un stimulant dans l'alcool. Moins il y parvenait, plus il buvait.

Quand le verre fut vide, Sidonie attaqua de nouveau :

— Dans cette histoire, que devient Vincent ? Ton ami Capelli pense à ce mariage depuis des lustres. Tu n'as jamais démenti que tu y étais favorable.

— Je n'ai jamais accepté non plus. Il était trop tôt.

— Si tu donnes la main de ta fille à Alphonse Laudier, tu te fâcheras avec Barnabé. Et tu désespéreras Vincent.

Eugène regarda fixement sa femme comme s'il cherchait la solution dans ses yeux. Il ne trouva rien. Il écarta les bras en signe d'impuissance.

— Que faut-il faire ?

Il n'avait qu'une hâte, cesser de discuter, quitter la pièce, sortir prendre l'air, et laisser sa femme assumer seule ses responsabilités.

Eugène prit machinalement le chemin des salins, qu'il avait quittés deux heures auparavant, une fois sa journée terminée. C'était le seul endroit où il espérait surmonter son désarroi. Il ne connaissait pas de lieu plus proche, plus familier que les marais. Le damier des bassins géométriques emplis d'eau stagnante dessinait un immense jeu à ciel ouvert. Il passait d'une case à l'autre, interrogeant les miroirs aquatiques qui reflétaient sa solitude et son angoisse.

A cette heure, le bâtiment administratif était désert. Il n'y avait plus personne sur le chantier. Il était chez lui. La plupart des ouvriers habitaient avec leurs familles dans des maisons voisines appartenant à la Société des Salins. Outre leur salaire, ils percevaient des avantages en nature leur permettant de vivre mieux. On leur distribuait deux litres de vin par jour et, chaque semaine, deux kilos de poisson par personne au foyer. Ils avaient aussi droit à cinq kilos de sel par an.

Eugène recevait la même quantité de sel. Cinq kilos ne suffisaient pas à ses besoins. Il en dérobait de temps en temps, par principe. Il risquait sa place avec inconscience pour quelques pincées utilisées dans de médiocres trafics. Lui ne bénéficiait pas des mêmes avantages. Il possédait sa propre maison. La majorité des travailleurs logés sur place venaient d'ailleurs. C'étaient des étrangers. La direction jugeait préférable de les héberger. Elle croyait les tenir à proportion de ce qu'elle leur donnait. Elle disposait d'un moyen de pression fiable. Les avantages consentis pouvaient être réduits à tous moments. Les logements attribués pouvaient être repris du jour au lendemain, et les récalcitrants se retrouver sans un toit pour protéger leurs familles.

Jean-Baptiste Devignol, patron paternaliste, se souciait du bien-être de ses ouvriers. Il pensait sincèrement avoir une mission sociale à remplir. Les circonstances l'ayant jusqu'à présent favorisé, nul ne l'avait vu réagir en situation de crise. Quelle serait son attitude en cas de conflit ? Eugène se méfiait. A ses yeux, un patron restait un patron. Devignol n'était pas aussi bon qu'on le prétendait. La preuve : il soutenait son contremaître, Luigi Vulcani. Cet homme capable de tout ne ferait pas de sentiment face à des tensions. Il userait de la manière forte.

Eugène en parlait quelquefois avec Alban, Marius et Auguste, qui partageaient son opinion au sujet de Luigi.

Auguste était favorable à la création d'un syndicat pour améliorer les conditions de travail et défendre les intérêts des ouvriers. Il se situait très à gauche et s'informait régulièrement de ce qui se passait ailleurs. Il avait ses réseaux. Un type étranger à la ville venait quelquefois le voir. Auguste s'enfermait longtemps avec le visiteur, sans doute un de ces agitateurs surveillés par la police.

Le monde changeait. Les différences entre les classes sociales augmentaient. D'un côté, des privilégiés vivaient dans le luxe, dépensaient sans compter, s'étourdissaient de fêtes, lâchaient la bride à leur fantaisie. Pour eux, l'époque était belle et porterait cette étiquette dans l'histoire : la Belle Epoque. On n'en avait jamais vécu de pareille, sauf, peut-être, sous le second Empire, quand Badinguet, au sommet de sa courbe, déployait ses fastes sur les cadences joyeusement ironiques et désespérées de Jacques Offenbach.

On dansait le cancan au-dessus de l'abîme avec une frénésie communicative.

Contrairement à Auguste, Marius se méfiait des esprits avancés. De son point de vue, la mise en pratique de leurs théories n'entraînerait que des déboires. On mettait en branle un mécanisme pour se sauver, et il échappait à tout contrôle. Au lieu de réussir, on se retrouvait broyé, laminé.

Quant à Alban, il n'intervenait pas. Les débats politiques l'exaspéraient. Il prétendait ne pas avoir d'idées sur la question. Il se contentait d'écouter passivement ses camarades.

En réfléchissant à ces choses, Eugène n'oubliait pas sa fille Marion. Les problèmes soulevés par son avenir se trouvaient directement liés à ceux de la société. Ils en étaient la conséquence. Des rêves mûrissaient en elle, des ambitions qu'elle exprimait confusément, avec une maladresse touchante, alors qu'elle ne pourrait réaliser ni les uns ni les autres. Son horizon était inexorablement bouché et lui, son père, n'y pouvait rien changer.

Il s'arrêta pour regarder les tables salantes capter les ombres du crépuscule. Combien de sel avait-il extrait depuis ses débuts d'apprenti sur le site ? Il avait formé des tas et des tas. Il les avait amoncelés. Il les avait transportés dans des brouettes pour les déverser à l'endroit des camelles dont les immenses cônes s'élevaient dans le ciel comme des crassiers, mais plus nobles et plus beaux. Le charbon était une matière vile, salissante ; le sel, une substance précieuse.

Il arriva devant une immense remise prolongée d'un auvent soutenu par des pilotis. La voiture du patron stationnait devant, juchée sur ses roues grêles, sa capote de moleskine sang de bœuf remontée. Elle ressemblait à un carrosse d'acajou prolongé d'un bloc moteur emprisonné sous un cache métallique. Trois ouvriers s'apprêtaient à partir. Un petit moustachu à casquette, sanglé dans un tablier de cuir, le regardait venir, une main sur la hanche : le maréchal-ferrant. A ses côtés, chapeau de feutre noir vissé sur le crâne, cravate glissée sous la veste à trois boutons, pantalon de velours noir, c'était le bourrelier. Il rendait aussi quelques services à l'administration car il possédait le certificat d'études. Enfin, un jeunot en chemise, débraillé, son vélo déjà entre les jambes.

— Eh, Eugène ! l'interpella le bourrelier. A cette heure, tu devrais être chez toi, en train de manger la soupe !

— Qu'est-ce que tu veux ? renchérit le maréchal-ferrant en rigolant. Tu viens prendre un bain de lune ?

— Il paraît que ça rend fou, observa le jeunot en se hissant sur sa selle.

— Vous feriez mieux de me payer la goutte au lieu de déblatérer, ronchonna Eugène. J'ai besoin d'un sérieux remontant.

9

Vincent Capelli entra vers midi au Tourlourou. Il était allé livrer la pêche du matin chez un poissonnier de la vieille ville, après s'être disputé une fois de plus avec son père. Barnabé lui reprochait sa paresse, son absence d'intérêt pour le travail, sa passivité.

« Tu as la tête ailleurs, mon fils. Tu ne peux pas continuer comme ça. Un jour ou l'autre, il t'arrivera un pépin. Moi, je ne serai pas toujours là pour ramasser les morceaux...

— Je ne fais rien de mal, avait objecté Vincent, de bonne foi.

— Tu ne fais rien, tout court ! Tu viens m'aider à contrecœur. Je le vois bien.

— Je ne suis pas fait pour ce métier.

— Diable ! La vie t'apporte tout sur un plateau et tu fais la fine bouche ! Qu'est-ce que tu veux ? Préférerais-tu t'échiner aux salins, sous les ordres d'un patron, comme Eugène ?

— Non.

— Alors, explique-moi.
— Tu ne peux pas comprendre.
— Tu me prends pour un imbécile ?
— Ne te fâche pas...
— C'est ça ! Monsieur prend son père pour un imbécile et il voudrait que je lui fasse bonne figure, que je le remercie ! »

Barnabé Capelli avait changé de ton :

« Maintenant, tu vas me dire ce qui te tracasse. Sans biaiser. Je veux la vérité. Je veux connaître le fond de ta pensée. Il faut que nous examinions sérieusement ton avenir. »

Vincent n'avait pas lâché le morceau. Il ne voulait pas avouer à son père les raisons de son tourment. Il mourait d'amour et de dépit, voilà. Barnabé n'avait pas assez de finesse pour deviner de quoi souffrait son rejeton. Il pensait devoir régler cette affaire entre hommes, sans solliciter l'avis de sa femme. Il eût cru déchoir en la mêlant à une histoire qui, supposait-il, ne l'impliquait pas directement. En sa qualité de chef de famille, il lui revenait d'assumer ses responsabilités. Il s'en acquittait sans nuances.

Depuis plusieurs semaines, Vincent ne voyait plus Marion. Elle semblait l'éviter. Il échafaudait toutes sortes d'hypothèses, plus chimériques les unes que les autres, afin d'expliquer son changement d'attitude. Il redoutait qu'elle ne lui préférât un rival. Elle accordait son cœur à un inconnu, peut-être ses faveurs. Cette pensée l'accablait et le mettait en rage. Il était prêt à tout pour défendre son amour. Si seulement il savait contre qui.

Vincent souffrait d'insomnie. Il perdait l'appétit. Des images obsédantes l'agressaient. Il se sentait désarmé, impuissant face à l'adversité. Il subissait des assauts venus de nulle part, incapable de réagir. Le sentiment que sa vie s'achevait avant d'avoir commencé l'acculait au désespoir. Le chagrin sapait son avenir. Ses coups détruisaient ses chances d'être heureux. Une jalousie terrible s'emparait de son esprit. Il cherchait à percer l'identité de son hypothétique rival. Il le provoquerait. Il se battrait avec lui. Il le tuerait.

Après avoir livré le poisson, Vincent, au lieu de rentrer chez lui, avait hanté les rues de la vieille ville. Il errait à la recherche d'il ne savait quoi, comme si ce dédale le conduisait vers quelque recoin secret où il trouverait la réponse aux questions qui le tourmentaient. Son pied trébuchait sur les pavés inégaux des rues pentues qui grimpaient vers la collégiale. Il passait devant des courettes plantées d'arbustes d'où s'élevait parfois un chant de femme. Des vieilles vêtues de noir passaient, un cabas à la main. Des rigoles médianes, servant d'égouts en plein air, s'élevaient des odeurs nauséabondes. Des chiens errants, en quête de nourriture, plongeaient le museau dans des tas d'immondices.

Vincent marchait machinalement. Il remuait de sombres pensées, de celles qui instillent dans le cœur un épouvantable poison. Il voulait Marion coûte que coûte. Il ne supportait pas d'être repoussé par la personne qu'il aimait le plus au monde. Les brefs instants de bonheur, quand il l'emmenait se promener en barque, lui revenaient en mémoire. Il en embellissait le souvenir. Ils étaient seuls. Elle était à lui. Tout paraissait alors possible. Hélas ! ce temps était révolu.

Malgré les différends qui l'opposaient à Barnabé, il supputait que celui-ci pouvait intervenir en sa faveur. Il plaiderait sa cause auprès d'Eugène Figuières. N'étaient-ils pas amis ? Eugène deviendrait son allié. Il convaincrait Marion de l'épouser.

Ses pas le ramenèrent sur la place de l'église Saint-Paul. Dans un état second, il poussa la porte du Tourlourou, où il entrait pour la première fois, avec le sentiment d'accomplir un exploit. Maintenant, il se trouvait à l'intérieur, ébahi de l'ambiance qui y régnait. Il côtoyait des gaillards peu recommandables, aux mines patibulaires, qu'il eût évités en temps normal. Pourtant, cela l'attirait. Il sentait comme un appel à la déchéance.

Le patron s'approcha.

— Qu'est-ce que je vous sers ?

Il s'entendit répondre :

— Une absinthe.

Marsias la lui apporta. Ce client inhabituel tranchait avec sa pratique. Il se demanda si le garçon ne s'était pas trompé de bar ou s'il arrivait d'ailleurs.

Il avisa un habitué, un grand type au ventre proéminent sanglé d'une taillole. Arsène Loupiat, un colporteur qui, outre sa pacotille, vivait de larcins et de trafics.

— Tu connais ce jeune mec ?

Arsène se retourna, regarda dans la direction de Vincent.

— Ouais. C'est le fils Capelli. Qu'est-ce qu'il fait là ?

— J'ai l'impression qu'il n'est pas bien dans sa tête.

— Possible. C'est pas mes oignons.

Vincent considérait son verre vide d'un air absent.

— Puisqu'il vient pour la première fois, reprit Arsène, il a droit aux honneurs du Tourlourou. Apporte-lui une autre absinthe sur mon compte.

— D'accord, fit Marsias. Les jeunots, il faut les arroser pour qu'ils poussent.

Deux heures plus tard, fin saoul, Vincent, affalé sur la table, ronflait comme un sonneur.

— Il tient une sacrée cuite, observa Arsène.

— Oui, dit Marsias, il est rond comme un manche de pelle. Il faudrait songer à le ramener.

— Il ne tiendrait pas droit. Laisse-le cuver encore un peu.

— Il ne peut pas rester là.

— Il ne fait pas de mal. Il ne gêne personne. Des gars ivres morts, t'en as vu défiler des tas, non ?

— C'est sûr, concéda Marsias. Mais lui, c'est pas le genre de la maison. Au troisième godet, il tourne de l'œil. Il n'a pas l'habitude de boire. Je ne veux pas d'ennuis.

— Bah, il faut bien commencer. Si ça se trouve, il va devenir ton meilleur client, rigola Arsène.

Vincent Capelli, à demi conscient, souffrait d'un

épouvantable mal de tête. On entamait son crâne de l'intérieur, à la pioche. Ça cognait, ça cognait. Les coups se propageaient dans un lointain brouhaha entrecoupé d'éclats de voix et de rires. Pendant de brefs éclairs de lucidité, il se demandait : Où suis-je ? Puis il retombait lourdement dans sa torpeur.

Tandis qu'il roupillait, Luigi Vulcani était entré au Tourlourou. Il avait salué les amis, bu un coup et était reparti.

« Oh, Luigi, avait observé Marsias, tu es bien pressé !

— J'ai à faire. »

Il savait, par une indiscrétion, que Marion Figuières serait en ville en fin d'après-midi. L'occasion était trop belle.

L'atmosphère de la ville changeait de celle des salins. Des gens passaient dans les rues, s'attardaient sur les places. Les devantures des magasins exposaient tout ce que les chalands désiraient. Dans les échoppes d'artisans, des hommes travaillaient.

Marion regrettait de ne pas monter plus souvent à Hyères. C'était trop loin de chez elle. Il fallait profiter d'une charrette qui s'y rendait ou se procurer une bicyclette.

Eugène Figuières n'avait pas les moyens d'en payer une à sa fille. Cet engin si pratique semblait à Marion un luxe inaccessible. La bicyclette signifiait la liberté, la possibilité de se déplacer à sa convenance, d'aller plus loin. Un jour, peut-être, elle en achèterait une.

Elle caressait des rêves d'avenir si différents de ce qu'elle vivait au quotidien que deux mondes étrangers se superposaient en elle. Parviendraient-ils à se rejoindre un jour ? Certainement pas, si elle en croyait sa mère et son père. Oui, si elle se fondait sur la force de son ambition.

Aujourd'hui, Marion avait eu de la chance. Un maraîcher qui allait livrer un grossiste l'avait prise à bord de son chariot. Il la récupérerait en fin de journée. D'ici là, elle flânerait en ville, pour le plaisir. Elle n'avait pas demandé la permission à Sidonie. Si elle voulait rentrer plus tôt, elle se débrouillerait. Beaucoup de véhicules circulaient entre les salins, l'Aygade, la Capte, Giens, et la Cité des Palmiers. Elle trouverait bien quelqu'un de sa connaissance pour la ramener. Au pire, elle irait à pied.

Marion était vigoureuse. La distance ne lui faisait pas peur. Elle arriverait seulement en retard à la maison. Il s'ensuivrait une réprimande dont elle se moquait. Depuis belle lurette ses parents n'avaient plus de prise sur elle. Ils n'exerçaient qu'une autorité purement formelle, jusqu'à sa majorité. De quoi faire jaser le voisinage.

L'époque ne plaisantait pas sur le chapitre de l'éducation, en particulier sur la soumission des enfants aux parents et les obligations qu'ils avaient envers eux. Chacun à sa place, tel était le principe communément admis et respecté par la majorité des gens. La société devait être en ordre pour fonctionner correctement. Marion Figuières, d'un naturel rebelle, ne partageait pas cette façon de voir. Elle rongeait son frein en attendant d'être émancipée.

Le seul moyen de l'être avant l'âge légal était de se marier. La plupart de ses amies en rêvaient. Pas Marion. Elle ne voulait pas. Ni Vincent ni Alphonse ni un autre parti n'avaient trouvé le chemin de son cœur. Passer de la tutelle des parents à celle d'un mari semblait la pire condition. On s'affranchissait un jour de celle des parents, pas de celle d'un mari.

Le mariage était un sacrement par lequel l'Eglise sanctifiait l'union de l'homme et de la femme, la rendant ainsi indissoluble. L'Etat garantissait tous les droits à l'époux. La femme se retrouvait pieds et poings liés, sans ressources, dépendante, à sa merci. Elle refusait cette condition de toutes ses forces. Ressembler à sa mère, quelle horreur ! Elle imaginait qu'elle s'en tirerait seule et se construirait une vie meilleure, quitte à affronter l'opprobre.

Elle emprunta une longue ruelle droite qui grimpait vers la collégiale d'où l'on avait une vue panoramique splendide sur la plaine de Hyères. Par beau temps, la vue plongeait jusqu'à la mer. Les îles d'Or se profilaient avec netteté. Plus elle montait, plus la rue était déserte. La population se raréfiait. Du linge pendait aux fenêtres. Une voix parvenait parfois du lacis des maisons qui s'emboîtaient, avec des cours intérieures, des terrasses, des passages étriqués, des impasses. Un chat la toisait du haut d'un mur.

Tout à coup, un homme brun, au visage dur, lui

barra la route. Elle sursauta. Mais l'homme se détendit. Un sourire éclaira son visage.

— Je t'ai fait peur ? demanda-t-il.

— Vous m'avez surprise.

— Ah ! Je ne voulais pas t'effrayer. Je ne te veux aucun mal.

Les mains sur les hanches, il la dévisageait.

— Tu ne me reconnais pas ?

— Si. Vous êtes Luigi Vulcani.

— Nous nous sommes vus plusieurs fois. Une jolie fille comme toi ne s'oublie pas.

Les joues de Marion s'empourprèrent sous le compliment. Elle se dit que, malgré son air sombre, cet homme-là n'était pas méchant.

— Tu m'as déjà oublié ? reprit Luigi. Ce ne serait pas gentil. Je pourrais m'en offusquer.

— Que me voulez-vous ?

— Rien. Je me réjouis de te rencontrer ici et je m'en étonne. Ce n'est pas un endroit pour une fille comme toi.

— Pourquoi ? Je me promène. Ce n'est pas la première fois que...

— Le quartier est mal famé. Il risque de t'arriver malheur. Je vais t'accompagner. Tu seras en sécurité.

Il s'empara d'autorité de son bras. Elle n'osa protester. Pourtant, l'appréhension la suffoquait. Quoiqu'il se montrât sous son meilleur jour, Luigi Vulcani inspirait de la peur. Elle se souvenait de leurs précédentes rencontres, des mises en garde de son père, qui détestait le contremaître. Elle ignorait les raisons de cette animosité et brûlait de les connaître. Les réserves de son père aiguisaient sa curiosité. Si se promener au bras de Luigi était de nature à mécontenter Eugène, elle le faisait d'autant plus volontiers.

— Ne marchez pas si vite, demanda-t-elle. Je suis un peu essoufflée.

Il ralentit le pas.

— Viens. Un peu plus haut, il y a un endroit où s'arrêter. Tu te reposeras le temps de reprendre haleine.

Marion le suivit docilement. Cet homme annihilait sa volonté. Elle aurait dû se dégager, fuir. Au lieu de cela, elle le suivait, passive. Ce n'était pas elle qui marchait au bras de Luigi mais son double, une étrangère perdue dans un rêve qui virerait bientôt au cauchemar.

— J'aime la vieille ville, dit Luigi, ça me rappelle mon pays. Je m'y sens chez moi. Tu sais, j'habite juste en bas. Il faudra que tu viennes.

Marion ne répondit pas. Ses membres tremblaient légèrement. Elle s'efforçait en vain de se calmer. C'était absurde. Jusqu'à présent, Luigi ne s'était pas montré menaçant. Tout se déroulait dans sa tête. Maintenant Luigi se taisait. Son visage composait un masque aux traits durs. Le regard était fixe.

Ils arrivèrent à l'endroit où les maisons se rapprochaient en goulet d'où partait une traviole terminée en impasse. Soudain, la tirant par le bras, Luigi attira Marion dans l'impasse. Elle se mit à crier et tenta de se dégager mais elle n'était pas de taille à résister.

— Ne sois pas farouche, souffla-t-il dans son cou. Tu es belle ! Je ne te veux que du bien.

Il l'enlaça de force, ployant rudement sa taille.

— Lâchez-moi ! implora-t-elle.

Pour toute réponse, elle reçut son rire en plein visage, comme une injure. Elle hurla de toute la force de ses poumons. La rue et l'impasse étaient vides. Son cri ne trouva aucun écho.

— Au secours ! Au secours !

Les lèvres de Luigi couraient sur son cou, son visage, se posaient à la naissance des seins. Il la tenait fermement contre lui, son corps collé au sien. Elle mettait en vain les mains en avant pour le repousser.

Soudain, une forte voix de femme s'éleva à proximité :

— Laisse cette petite, Luigi ! Lâche-la, si tu ne veux pas d'ennuis. Je ne te laisserai pas faire.

Nanou, mains sur les hanches, foudroyait le Sicilien du regard.

— Alors, gronda-t-elle, les filles de mon espèce ne te suffisent plus ? Il te faut des pucelles !

Il relâcha son emprise et ricana :

— C'est un morceau de roi, non ?

— Tu n'es pas un roi, Luigi, ou alors le roi des salauds.

Elle se jeta sur lui avec la violence d'une furie. Surpris, il écarta les bras. Marion se dégagea promptement. Elle dévala la rue en courant, cœur battant, au risque de se rompre le cou.

Une dizaine de mètres plus loin, elle pensa qu'elle avait omis de remercier la femme venue à son secours. Elle se promit de la retrouver.

SECONDE PARTIE

Le gentleman anglais

10

Jean-Baptiste Devignol avait préféré recevoir Prosper Flandésie dans son bureau privé, à son domicile, afin de n'être pas dérangé et de se libérer plus facilement. Deux fenêtres ouvrant sur un jardin intérieur éclairaient la vaste pièce lambrissée d'acajou. Y trônait un grand bureau Empire décoré de quelques bibelots, dont une sirène en bronze servant de presse-papiers. Il était parfaitement en ordre. On remarquait peu de dossiers. Outre la chaise de Jean-Baptiste, deux fauteuils de cuir se faisaient face de part et d'autre d'une table basse. La bibliothèque, garnie de livres richement reliés, occupait un pan de mur. Ici régnaient le silence, le calme, l'ennui. Seule note de fantaisie, le vase de fleurs renouvelées périodiquement par madame Devignol.

Jean-Baptiste Devignol considérait le visiteur avec un agacement difficilement dominé. Il essayait pourtant de faire bonne figure. Ce journaliste spécialisé dans les questions économiques était proche du pouvoir. Devignol n'ignorait pas les liens occultes, souvent étroits, qui unissaient la politique et la presse. Celle-ci jouait un rôle capital. Depuis qu'elle avait durement conquis sa liberté, elle régnait sur l'opinion publique, en qualité de quatrième pouvoir.

Prosper Flandésie, grand reporter à *L'Essor gaulois*, enquêtait sur les salins du midi de la France. Arrivé à Hyères la veille, par le train du soir, il logeait à l'hôtel de Sauvebonne, qui offrait l'avantage d'être central. Il connaissait parfaitement son affaire. Prosper Flandésie se méfiait de l'improvisation. En grand professionnel, il s'était documenté et informé avant de rencontrer les directeurs des divers salins et de les interroger. Il était déjà allé à Frontignan, Cette, Aigues-Mortes.

Devignol, accaparé par de nombreux soucis, souhaitait limiter l'entretien à une demi-heure. Il confierait ensuite le journaliste à Luigi, qui se chargerait de lui faire visiter l'exploitation et répondrait aux questions plus techniques. Jean-Baptiste prétexterait quelque obligation, un rendez-vous important, pour abréger l'entretien sans friser l'impolitesse. Il veillerait à ne pas froisser Flandésie. Ce n'était pas le moment de s'attirer un mauvais article, dont les conséquences fâcheuses aggraveraient le passif.

La situation de Jean-Baptiste Devignol empirait. Il était aux abois. Aucune tentative pour la redresser n'avait marché. Il contrôlait ses propos, de peur de se couper. Il affectait la transparence avec cynisme. Il mentait sur l'état de santé de son entreprise en assurant qu'elle se portait bien.

Une tournée dans l'est de la France accaparait Dany Duval. Il n'en avait pas de nouvelles depuis plusieurs semaines et ne savait quand il la reverrait. Il souffrait d'autant plus de cette séparation qu'il ignorait quand elle finirait. La chanteuse se devait à son métier. Elle n'entendait pas sacrifier sa carrière pour les beaux yeux de son amant. Elle connaissait les hommes pour les avoir beaucoup pratiqués. Tout en cajolant son Jean-Baptiste, et en interprétant les scènes de passion avec une sincérité convaincante, elle se méfiait de lui comme de ses semblables.

Qu'avait-il de solide à lui proposer ? Quitter sa femme pour vivre avec sa maîtresse ? Légaliser leur liaison ? Balivernes !

Jean-Baptiste, ligoté par les conventions, épouvanté à l'idée du scandale, n'envisageait aucune solution. Il ne voulait sacrifier ni sa femme ni sa maîtresse. Pareil à beaucoup d'hommes tiraillés par des sollicitations contraires, il se signalait par sa lâcheté. Incapable de choisir, de trancher dans le vif, il s'abandonnait à la force des choses. Il attendait passivement qu'elle décide à sa place et le mette devant le fait accompli. Soit sa maîtresse, lasse de ses tergiversations, romprait, soit son épouse, découvrant son infidélité, le mettrait au pied du mur.

Dany Duval lui manquait terriblement. Il se demandait ce qu'elle faisait. Occupait-il quelquefois ses pensées ? Avait-elle du succès ? Sans doute rencontrait-elle des admirateurs, des rivaux... La jalousie le tenaillait. Ah ! ces inconnus en frac pressés autour de la jeune femme radieuse, rivalisant de charme et de cadeaux pour la séduire... Il doutait à double titre de la fidélité de Dany : elle était femme et saltimbanque.

Prosper Flandésie s'impatientait des silences de son hôte. Il les attribuait à des phases de réflexion prolongeant ses questions. Il avait espéré un échange plus vif, plus dynamique. Le propriétaire des salins varois semblait un homme timoré, timide, hésitant.

— Les salins sont alimentés directement en eau de mer – c'est le cas des vieux salins de Hyères – ou par l'intermédiaire des étangs, comme aux Pesquiers, précisa Jean-Baptiste. Les récoltes peuvent commencer dès le mois de juillet mais, en général, elles se font en août et en septembre. Certains arrivent à faire deux récoltes à deux mois d'intervalle. Les méthodes de production sont à peu près les mêmes partout dans le Midi.

— N'existe-t-il aucune différence ? J'ai cru comprendre que...

— A vrai dire, les débouchés et les habitudes ne dépendent pas seulement des conditions d'exploitation, ils sont liés aux besoins de la clientèle. De ce fait, selon les régions, les saliniers sont obligés de varier leurs pratiques.

— Comment cela se passe-t-il chez vous ?

— Selon les années, nous produisons trois qualités de sel. Chaque qualité résulte de saumures ayant une concentration caractéristique.

— Intéressant.

— Mon contremaître vous donnera plus de détails

sur le site. Il attend en bas. Je ne peux malheureusement pas vous accompagner.

Il sortit sa montre du gousset, la consulta, se leva en soupirant.

— Je vous prie de m'excuser. L'heure tourne. Je suis attendu. Je vous confie à Luigi. Vous verrez, c'est un homme très compétent.

Il tendit la main à Prosper.

— Nous nous reverrons, dit-il.

En ce mois de mai 1911, les relations internationales se tendaient. Des bruits de guerre, salués par les uns, redoutés par les autres, commençaient à se manifester. Les patriotes, ulcérés par la défaite de 70, exigeaient la revanche. Ils promettaient de reconquérir l'Alsace et la Lorraine. Le parti de la paix ne manquait cependant pas de soutien.

Certains soirs, Alban, Marius et Auguste prenaient l'apéro chez Eugène Figuières. Ils buvaient, fumaient, en parlant politique. Surtout Auguste, le plus engagé des quatre. Sidonie et Marion préféraient se lamenter sur d'autres faits d'actualité plus à leur portée.

Marion écoutait cependant la conversation des hommes. Elle ne savait pas beaucoup de choses sur les sujets abordés mais elle s'y intéressait. Ils lui donnaient l'illusion d'être plus intelligente. Elle réfléchissait après coup, retenait des détails, adhérait à certains jugements. A dix-sept ans, elle avait mûri et consolidé son indépendance. Elle ne savait pourtant pas à quel parti se ranger.

Alban, d'un naturel pessimiste, venait d'affirmer :

— La guerre est inévitable. Les Prussiens la veulent.

— Nous aussi, rectifia Marius. Les revanchards n'ont jamais braillé si fort. Ils ont l'opinion avec eux.

Auguste exprima un avis différent :

— Je crois à la paix. Dans tous les pays, des gens refusent la guerre. Ils représentent une force considérable. Ils dresseront une digue contre la folie meurtrière.

— Elle cédera, objecta Alban en hochant dubitativement la tête.

— Je vais vous donner mon avis, mes amis. De grandes réunions se tiendront bientôt un peu partout. Tous les partis socialistes européens et les leaders syndicalistes y participeront.

— Tu en attends des miracles, dit Eugène avec lassitude, moi, pas.

— Tu as tort, s'opposa Auguste, mû par une confiance inébranlable. Ils mèneront une action commune contre la guerre et l'empêcheront.

— Dieu t'entende ! soupira Alban.

— Laisse donc Dieu où il est ! fit Auguste. Nous n'avons pas besoin de lui.

Ce genre de discussion ne débouchait sur rien. Les hommes aimaient agiter des idées. Ils s'affrontaient avec passion, mais ils ne pouvaient rien. Même Auguste, le plus politisé, le plus conscient des problèmes, lui qui fréquentait les milieux de gauche.

Ses idées généreuses frappaient Marion. Elle essayait d'y penser lorsque, le dernier verre avalé, ils partaient ivres d'alcool et de paroles et qu'elle se retirait dans sa chambre. Elle avait essayé d'aborder ces questions avec sa mère. Sidonie l'avait rabrouée vertement : « Ça n'est pas pour notre museau. »

Elle avait tenté en vain d'intéresser ses amies. Elles ne comprenaient rien et se gaussaient bêtement de son goût pour la politique. La sagesse commandait de laisser ce domaine aux garçons. Elles préféraient jacasser sur les fanfreluches, les soins du ménage, leurs amours, réelles ou chimériques. C'étaient des sottes satisfaites de leur sort. La plupart étaient mariées, déjà mères de famille. Marion n'ignorait pas que, derrière son dos, elles la traitaient de prétentieuse et colportaient des méchancetés. A quoi bon rétorquer ? Mieux valait l'indifférence.

A dix-sept ans, Marion n'envisageait pas le mariage. Elle refusait les partis, au fur et à mesure qu'ils se déclaraient. Elle tenait plus que tout à sauvegarder sa liberté. Elle travaillait à présent en ville, chez une fleuriste, une veuve très gentille qui la traitait bien. Madame Albertine Galliari avait une fille de son âge, Marguerite, qui vivait à Marseille. Elle soupirait parfois, quand la séparation lui pesait trop : « Marion, vous me faites penser à ma fille. »

Albertine Galliari conservait des vestiges de sa beauté passée. Elle soignait sa toilette, montrait de la délicatesse et de l'élégance. A ses côtés, Marion apprenait à se comporter en société. Son exemple la dégrossissait. Elle déployait beaucoup de zèle pour s'en inspirer. Même si ses nouvelles manières indisposaient ses parents, mortifiés de la voir échapper à leur emprise.

Marion aimait le métier de fleuriste. Il exigeait des connaissances, du goût, le sens de l'esthétique. On ne confectionnait pas un bouquet n'importe comment. Il fallait choisir les fleurs, les apparier, manifester de l'invention. Cela représentait une œuvre d'art. Marion avait travaillé épisodiquement chez des horticulteurs, et chez Baptistin Laudier, le producteur de mimosa de Bormes. Les alentours de Hyères, où elle aimait à se promener quand elle en avait le loisir, étaient semés d'une profusion d'espèces florales qui en composaient le charme. Après quelques erreurs acceptables en période d'apprentissage, Marion réussissait, à la satisfaction de sa patronne.

Marion devenait citadine. Travailler en ville équivalait à une promotion sociale mais présentait certains dangers. Luigi Vulcani habitait à quelques centaines de mètres de la boutique. Elle s'ingéniait à l'éviter. Depuis l'intervention de Nanou, elle fuyait cette brute malfaisante. Lui, tout en ruminant sa déconvenue, n'avait certainement pas renoncé. Nanou, qu'elle rencontrait quelquefois, la mettait en garde :

« Méfie-toi de ce vaurien, petite. Il te veut du mal. Je ne serai pas toujours là pour te tirer d'affaire.

— Je suis assez grande pour me défendre, fanfaronnait Marion.

— Tu ne connais pas le bonhomme ! Il est capable de tout. »

Nanou en savait quelque chose. Elle avait payé son intervention d'une sévère raclée. Elle en avait porté les marques plusieurs jours. Luigi, furieux, l'avait menacée :

« Ne t'avise plus de te mettre en travers de mon chemin, sinon gare à toi ! »

Les coups n'impressionnaient pas Nanou. Elle avait l'habitude. La vie l'avait endurcie. Pourquoi avait-elle secouru Marion au lieu de ne pas s'en mêler ? Elle avait cédé à une étrange impulsion, sans en mesurer les conséquences. Son instinct avait parlé. Peut-être avait-elle songé alors à la jeune vierge innocente qu'elle avait été jadis. Des salauds de l'acabit de Luigi l'avaient gâchée et souillée jusqu'à la transformer en fille de joie. Des coups, elle en avait reçu, certes, mais elle les avait oubliés. Des macs l'avaient tabassée pour briser sa volonté, la rendre obéissante, consentante. D'autres avaient soldé ses « fautes » par des taloches et des amendes. Elle s'était trouvée mêlée à des rixes entre rivaux, avec de graves blessures et parfois mort d'homme. Aujourd'hui, elle éprouvait de la satisfaction, le sentiment d'avoir accompli une bonne action. Elle n'était pas complètement pourrie.

Quelques jours après son intervention, sa route avait de nouveau croisé celle de Marion, dans les parages du Tourlourou. Marion l'avait reconnue. Elle s'était approchée devant tout le monde, sans hésitation ni honte. Elle lui avait tendu la main. Elles avaient parlé un moment ensemble, dans la rue. Depuis, sans se fréquenter, elles se voyaient de temps en temps. Ce que Marion apprit au sujet de Nanou ne compromit pas leurs relations. Pour la première fois depuis des années, Nanou ne se sentait ni méprisée ni rejetée mais considérée pour ce qu'elle était, un être humain, non une pute de bas étage, une moins que rien, de celles qu'on piétinait et sur qui on crachait.

Désormais, elle se damnerait pour Marion. De loin, elle veillait sur elle. Elle connaissait toute la racaille de la ville, fréquentait les truands et les filles de mauvaise vie. Les lieux mal famés de Hyères, de Toulon, et même de Marseille, n'avaient pas de secret pour elle. Le milieu l'appréciait pour son caractère, son courage. Sa réputation la protégeait. Voilà pourquoi elle avait pu affronter Luigi.

Le Sicilien était violent, querelleur. Cependant, comparé aux vrais durs, il faisait figure d'enfant de chœur. S'il dépassait les bornes, il réglerait l'addition au prix fort. Quelqu'un se chargerait de la lui présenter. Il n'était pas de taille. Il le savait. Il possédait assez de jugeote pour éviter de gros ennuis.

Marion ne mesurait pas la force de dévouement de Nanou ni les dangers encourus par celle-ci pour assurer sa protection. Elle n'éprouvait pas de préjugés à son encontre. Elle considérait seulement la générosité de son geste. Son intervention l'avait probablement sauvée du pire. Aussi lui manifestait-elle publiquement sa gratitude. Nanou connaissait de la vie des aspects terrifiants que Marion ne soupçonnait pas.

Elle lui transmettait sa science des bas-fonds, son expérience de la lie de la société.

« Vaut mieux que tu saches, disait Nanou. C'est horrible, mais quand on a le courage de regarder l'horreur en face on est armé.

— Comment de telles choses peuvent-elles exister ? s'étonnait Marion.

— C'est comme ça. Faut faire avec. Tu n'y peux rien. Moi non plus. Je t'ouvre les yeux.

— Pour voir ça !

— Oui. Je te donne des armes. Tiens compte de ce que je dis. Tu ne seras pas surprise par la folie des hommes. »

Comparée à Nanou, Marion avait le sentiment de n'avoir encore rien vu. Restait à découvrir les ressorts cachés de la société, l'ignominie, le vice, l'avilissement, la sauvagerie. Une boue puante engluait le monde. Nanou ne mentait pas. Elle n'exagérait pas. Pourtant, comment croire à ce tableau abject quand se déployait sous vos yeux l'un des plus beaux panoramas de la côte ?

Nanou l'avait encouragée sur un point : la sauvegarde de la liberté, qui coûtait tant d'efforts.

« C'est ton bien le plus précieux. Tu as eu raison de refuser d'épouser ceux qui ne te conviennent pas. Tu serais malheureuse. Tu sais, je connais les hommes. La plupart ne valent pas la corde pour les pendre. Cependant, ne noircissons pas la réalité. Il y en a toujours quelques-uns qui sortent du lot et rachètent les autres. Tu rencontreras un homme digne de toi. J'en suis sûre.

— Je n'ai que dix-sept ans.

— Oui, et toute la vie devant toi. »

Marion songeait à ses soupirants évincés. Baptistin Laudier avait eu plusieurs entretiens au sujet de Marion avec Eugène Figuières. Celui-ci, tenté par l'offre de Baptistin, avait tout fait pour fléchir sa fille. Le fils de Baptistin, Alphonse, hériterait de la propriété de Bormes-les-Mimosas et d'autres biens en terres cultivables et en maisons. Il serait riche. Une occasion exceptionnelle s'offrait à Marion. Elle n'en voulut pas. Eugène défendit avec zèle la cause d'Alphonse Laudier. Ses arguments se heurtèrent à la détermination de Marion. Elle demeura intraitable. Accablé, Eugène dut refuser la main de sa fille. Il en retira beaucoup d'amertume.

Les choses se déroulèrent autrement avec Vincent Capelli. Le jeune homme, mortifié, ne supporta pas d'être éconduit. Mû par le chagrin, il décida de s'engager dans l'armée. Il s'éloignerait de Marion et parviendrait à l'oublier. Il ignorait qu'il se mettait dans une nasse d'où il ne sortirait pas vivant. Bientôt, en 1913, pour répondre à la tension internationale, les députés voteraient une loi portant à trois ans la durée du service militaire.

11

L'amour des salins demeurait profondément ancré chez Marion Figuières. Tout en se familiarisant avec la ville, grâce à son nouveau métier de fleuriste, elle pensait souvent au hameau de son enfance – où elle continuait d'habiter –, aux journées de travail dans les marais salants, avec sa mère, à l'atmosphère si particulière de ces étendues au moment de la saunaison lorsque la lumière d'août projetait son incandescence sur les parcelles où le sel atteignait son degré de concentration maximal.

Elle retrouvait son père quand il rentrait le soir, harassé, le corps blanchi de poussière salée. Il prenait la gargoulette, se servait un verre d'eau fraîche. Il l'avalait à petites gorgées, en savourant, les yeux clos. Sidonie emplissait le grand tub en fer-blanc qui fumait au milieu de la cuisine. Marion quittait la pièce. Eugène se dévêtait. Avec l'aide de sa femme qui le frottait avec une grosse éponge, il lavait son corps des fatigues et du sel accumulés pendant la journée. Il mettait des habits de maison, usagés mais propres, et sortait de la cuisine précédé d'une bonne odeur de savon de Marseille. A cette heure, la même scène se reproduisait dans la plupart des maisons. L'unité du hameau, sa singularité venaient de là.

Des images la ramenaient en arrière. Elle voyait le va-et-vient des ouvriers, grattant le sol à la pelle, emplissant de sel leurs paniers de corde et le transportant des cristallisoirs au dépôt. Ils allaient souvent pieds nus, sous une réverbération insupportable. Elle voyait l'étroit chemin de planches suspendu sur des pilotis. Les sauniers, poussant des brouettes lourdement chargées, rassemblaient le sel en des monticules prismatiques appelés camelles. Ils les couvraient de tuiles et fermaient pour protéger la précieuse denrée. Cette opération constituait le roulage.

Au moment de la récolte du sel, la plaine se couvrait à perte de vue de mottes brillantes. De loin, cela ressemblait à un campement de toiles blanches régulièrement alignées, à une succession de dunes s'étalant à perte de vue. Pour l'embarquement, des équipes d'ouvriers emplissaient de sel des sacs, les chargeaient sur des wagonnets qui les acheminaient jusqu'aux charrettes. Celles-ci les amenaient directement à la gare ou au port. Le sel partirait soit par le chemin de fer soit par l'embarcadère du Pothuau, selon sa destination.

Le travail était très fatigant, le temps imparti à la récolte court, aussi le patron doublait-il le salaire journalier. La cinquantaine d'employés travaillant à l'année ne suffisait plus. On faisait appel à une main-d'œuvre de complément. L'effectif atteignait alors plus de quatre cents personnes. Les saisonniers se recrutaient principalement parmi les immigrés piémontais. Souvent, après la saunaison, ceux-ci ne rentraient pas au pays. Ils cumulaient des petits boulots, récolte des violettes, des châtaignes ou des olives, vendanges. Les besoins fournissaient à peu près du travail tout au long de l'année. Beaucoup de familles d'origine piémontaise décidaient de s'installer durablement dans le pays hyérois et d'y faire souche.

Pas question, pour Marion, de prendre place parmi les femmes employées en permanence aux salins. Ces postes étaient recherchés et rares. La caution de son père ne lui donnait pas l'assurance d'être embauchée. De surcroît, il s'agissait d'un travail ingrat, pénible, peu valorisant à son goût. Il était certain qu'elle quitterait l'entreprise au même niveau qu'elle y serait entrée. Malgré l'ancienneté, pas d'amélioration sensible à espérer.

Il existait une raison plus sérieuse : Marion aspirait à autre chose. Elle voulait respirer un air différent, trouver un métier plus agréable offrant un réel avenir. La chance était apparue sous les traits d'Albertine Galliari.

Commencer sa vie professionnelle parmi les roses, les tulipes, les gerberas, les œillets était de bon augure. Marion aimait ce travail. Elle entretenait avec la clientèle, principalement bourgeoise, des rapports agréables et instructifs, même si quelque pimbêche sévissait parfois, avec une hauteur méprisante, humiliante.

« Petite, ne t'arrête pas à ça, recommandait Albertine Galliari. Tu as le sang vif et la repartie facile. Domine-toi. Garde toujours aux lèvres le sourire commercial.
— C'est parfois dur de ne pas répondre, madame.
— Mords-toi la langue. La cliente est reine. Le succès est à ce prix.
— Je m'en souviendrai.
— J'y compte bien. »

Nanou n'osait pas venir au magasin. Sa présence ferait mauvais effet et mécontenterait madame Galliari. Marion en subirait les conséquences. Les deux femmes se rencontraient à la lisière de la vieille ville, se rejoignant de part et d'autre d'une frontière.

Un jour, Nanou proposa :
— Si tu veux, tu peux m'appeler Lisa. C'est mon vrai prénom, celui de mon baptême. Bien peu de gens le connaissent.
— Et Nanou ?
— Ce sont les hommes qui m'ont donné ce sobriquet.
— Ceux qui t'ont aimée ?
Un voile passa sur le regard de Nanou.
— Ceux-là, et tous les autres, soupira-t-elle.
— Eh bien, décida Marion, je préfère Nanou. C'est Nanou qui m'a sauvée. C'est à elle que vont ma reconnaissance et mon amitié. Nanou tu es, Nanou tu restes.
— Comme tu voudras.

— Tu m'accompagnes ? demanda Marion. Je vais livrer des fleurs chez madame Devignol.

— Mazette ! Cet énorme bouquet est pour elle ?

— Oui.

— Il doit y avoir réception. C'est toi qui l'as fait ?

— Oh non ! C'est trop difficile. Je ne suis pas encore capable d'un tel chef-d'œuvre. Madame Galliari s'en est chargée. Moi, je regarde. J'apprends.

— Tu es déjà allée chez les Devignol ?

— Jamais. J'ai un peu peur d'entrer dans cette grande maison. Monsieur Devignol est le patron de mon père.

— On dit que sa femme est pincée.

— Je ne la connais pas. Une domestique est venue commander les fleurs au magasin.

— Elle est née à Aix-en-Provence. Son père était magistrat.

— Comment le sais-tu ?

— Les gens adorent parler. Moi, j'ai les oreilles qui traînent.

Elles marchèrent de conserve. Nanou aidait Marion à porter l'énorme bouquet. Quand elles furent arrivées devant la demeure des Devignol, signalée par un portail ouvragé, Nanou s'éclipsa.

— Mieux vaut qu'elle ne me voie pas en ta compagnie.

Une bonne ouvrit. Petite, boulotte, avec coiffe et tablier blancs.

— Suivez-moi, mademoiselle.

Elles traversèrent une cour plantée de jardinières,

pénétrèrent à l'intérieur de la maison. Dans le vaste hall plongé dans la pénombre brillaient de beaux meubles et des objets de prix, des cuivres astiqués, des figurines en biscuit. Aux murs étaient accrochés des tableaux mal éclairés : des paysages, des scènes de chasse, des natures mortes dont on ne distinguait pas les détails. Marion n'avait jamais rien vu de pareil. Elle n'avait pas idée qu'un tel luxe existât.

A droite, la porte du grand salon était restée ouverte. La lumière venait de là. Marion risqua un coup d'œil dans cette direction. Elle vit une grande femme mince, vêtue d'une robe cintrée boutonnée jusqu'au cou. Les cheveux noirs coiffés en bandeaux, le profil net, front haut, nez droit, lèvres minces, menton aigu, long cou. Madame Devignol s'adressait à un jeune homme blond, au teint pâle. Marion le jugea immédiatement charmant.

Des bribes de conversation lui parvinrent. Elle tendit en vain l'oreille.

Elle n'eut pas le loisir de s'interroger longtemps. La bonne réapparut, lui remit un pourboire, lui désigna la sortie.

Marion repartit, la tête pleine d'images merveilleuses. Pendant le temps où elle avait patienté dans le hall, elle en avait fait provision. Elle avait regardé le plus de choses possible pour s'en imprégner. Elle éprouvait une sorte de vertige tant le contraste était grand entre ce décor de contes de fées et la misère dans laquelle elle vivait. Ce spectacle remettait en question les ambitions mûries depuis son adolescence que ses parents qualifiaient de chimères. La distance qui la séparait de la condition des Devignol lui parut soudain infranchissable. Même Albertine Galliari, commerçante aisée ayant pignon sur rue, en était loin.

Marion se sentit accablée, au bord des larmes. Oui, elle cédait à des chimères, caressait des rêves irréalisables, vivait dans les nuages. Le destin lui remettrait les pieds sur terre, pronostiquait Sidonie. Et Marion de s'insurger : que connaissait-elle du destin, cette femme amollie de résignation qui, depuis sa naissance, mijotait dans une morne existence ?

Lorsque Marion revint au magasin, Albertine Galliari demanda :

— Tout s'est bien passé ?

— Oui, madame.

— Elle t'a donné un pourboire ?

— Oui.

— Fais voir.

Marion obéit. Albertine Galliari soupira :

— Ce sont les plus riches qui donnent le moins.

Marion nettoya la banque des tombées de feuilles et de fleurs.

— Tu as l'air absente, observa madame Galliari.

— Je pense à la maison des Devignol. Quelle merveille !

— C'est impressionnant, n'est-ce pas ?

— Cela représente beaucoup d'argent.

— Si fait ! Plus que tu ne crois. Tu as beau imaginer, tu seras toujours loin du compte. Encore, ce que tu vois là n'est rien. Comparés à certaines personnes, les Devignol sont des pauvres.

— Des pauvres ! s'exclama Marion, les yeux écarquillés. Comme vous y allez !

— Des pauvres, te dis-je.

— Vous vous moquez de moi.

— Je te remets les yeux en place, ma fille. Tu dois voir la société telle qu'elle est. Maintenant, assez discuté. Il se fait tard. Change l'eau des fleurs et range-les dans la réserve.

Albertine Galliari se versa deux doigts de vin d'orange. Elle le préparait elle-même selon la recette de sa tante Augusta. Elle dégusta le breuvage en trempant à peine les lèvres, histoire de faire durer le plaisir. Le vin d'orange constituait, avec quelques petits plats en rupture d'ordinaire, son seul sacrifice à la sensualité. Elle avait tiré un trait là-dessus. Depuis son veuvage, son existence s'écoulait de façon monotone, entre le magasin et la petite maison qu'elle habitait à l'extérieur de Hyères, sur la route de Toulon.

Elle ne se plaignait pas. Elle s'estimait plutôt heureuse. Son métier la passionnait. Elle gagnait convenablement sa vie. Elle adorait sa fille, qu'elle voyait trop rarement, mais qui lui témoignait tendresse et affection. Elle avait trouvé en Marion une employée efficace et sérieuse, soucieuse de se perfectionner.

Ce soir, si Albertine Galliari versait dans la mélancolie, c'était justement à cause de Marion. Celle-ci, à son insu, avait remué sa mémoire, tisonné de vieilles cendres mal éteintes.

Albertine sentait ce qui agitait la jeune femme. Elle comprenait pourquoi elle l'interrogeait sur tout, pourquoi elle s'appliquait, pourquoi elle voulait progresser. Le magasin de fleurs représentait une étape dans l'itinéraire qu'elle s'était tracé. Ne s'était-elle pas écriée, un jour, avec reconnaissance :

« Quelle chance d'avoir été embauchée par vous ! »

Marion ne ressemblait pas aux apprenties précédemment engagées par madame Galliari. Aucune n'avait persévéré. Elle, elle avait quelque chose de plus, de différent, qui amenait Albertine à miser sur son avenir. Elle appréciait la ponctualité, l'application, le courage, la ténacité.

Albertine avait connu Jean-Baptiste Devignol dans sa jeunesse. Ils avaient même ébauché une idylle discrète, conforme aux mœurs de l'époque. Elle aurait pu pousser son avantage et décrocher un beau parti si l'amour ne s'en était mêlé. Albertine s'était éprise d'un sous-officier en garnison à Hyères. Une folle passion les avait embrasés.

L'adjudant Pierre Galliari, fils de paysans de la Drôme, avait préféré l'épée à la charrue. L'uniforme représentait la gloire, l'aventure. Cheveux bruns, traits réguliers, une fine moustache en accent circonflexe sur une bouche sensuelle, les épaules larges, la taille bien prise, le corps souple et nerveux, tout cela valorisé par le prestige de l'uniforme, le cœur d'Albertine n'y résista pas. Plus question de Jean-Baptiste ni de quiconque.

Elle n'avait d'yeux que pour Pierre. Ils s'étaient mariés à l'église Saint-Paul. Pierre avait eu le temps de lui faire une fille avant d'embarquer pour l'Indochine. La mort l'avait fauché dans un coin perdu de la jungle.

La douleur de sa perte avait failli terrasser Albertine. La jeune veuve s'était occupée de l'éducation de son enfant. Fidèle à son unique amour, elle n'avait jamais refait sa vie.

Elle avait accompli l'inverse de ce que Marion envisageait. Si elle avait consenti, Albertine, issue d'une famille honorable et aisée, aurait pu contracter un riche mariage, jouir de la fortune et de la réputation. Peut-être aux côtés de Jean-Baptiste, déçu qu'elle lui eût préféré un rival sans envergure. Elle n'avait pas voulu. En portant le deuil de Pierre, elle portait son propre deuil. Aucun vivant n'était de taille à lutter contre un mort.

Elle se versa encore du vin d'orange.

Le passé était le passé. Elle assumait son choix. Elle souhaita mentalement bonne chance à Marion.

12

L'Essor gaulois publia l'enquête de Prosper Flandésie sur plusieurs livraisons. Simultanément, un reportage sur le même sujet paraissait dans *L'Illustration*, accompagné de gravures représentant le labeur des sauniers. Les deux périodiques avaient des orientations différentes. Ils ne visaient pas le même lectorat. Néanmoins, la coïncidence était troublante. Jean-Baptiste Devignol se demanda si la signature de *L'Illustration* n'était pas un pseudonyme dissimulant Flandésie, auquel cas celui-ci aurait vendu deux fois sa marchandise et les papiers seraient de sa main.

Autre hypothèse, le journaliste avait intentionnellement communiqué ses notes à un confrère qui les avait exploitées dans le sens souhaité. Ces articles, quoique prétendument objectifs, s'avéraient orientés. Les auteurs ne ménageaient pas leurs critiques sur les saliniers du midi de la France, jugés peu efficaces, figés dans des traditions paralysantes. Ceux de Hyères étaient sévèrement mis en cause. Jean-Baptiste en sortait égratigné.

Il n'avait pas besoin de telles attaques au moment où, financièrement, il se trouvait dans le rouge et traversait une grave crise sentimentale. Il ne recevait toujours pas de nouvelles de Dany Duval. Il se rongeait les sangs à la pensée que leur aventure touchait à sa fin.

Prosper Flandésie dénonçait d'une plume fielleuse l'incompétence de la direction, le caractère vétuste des équipements, l'archaïsme des méthodes. Il forçait la dose dans le but évident de le discréditer. Ses arguments, même spécieux, visaient juste. Ils s'appuyaient sur des observations précises, des faits avérés. Leur interprétation et les commentaires choquaient. Quel objectif inavoué ce plumitif visait-il en dénigrant ses confrères, et lui en particulier ? Etait-il manipulé par des politiciens ou des groupes industriels ? Aucun indice ne permettait d'en décider.

Il eût fallu lire entre les lignes. Jean-Baptiste n'était pas doué pour ce genre d'exercice. Il manquait de finesse et de perspicacité. De plus, il se révélait médiocre chef d'entreprise, peu versé en économie. Depuis qu'il dirigeait la société, il se contentait d'une gestion de père de famille, prudente et frileuse. Sa préoccupation consistait à maintenir son patrimoine en l'état, en n'engageant aucune dépense pour changer quoi que ce soit. Il restait sur place pendant que des concurrents plus habiles progressaient. L'écart qui les séparait augmentait à ses dépens.

Jean-Baptiste appartenait à la catégorie des fils de famille incompétents qui héritent de biens sans les avoir mérités et de responsabilités sans avoir été préparés à les assumer. Fils à papa, il n'avait eu qu'à glisser ses pieds dans les bottes paternelles, mais elles étaient trop grandes pour sa pointure.

Ses parents lui avaient choisi une épouse à leur convenance, c'est-à-dire issue d'une famille honorable, bien éduquée et bien dotée. Mathilde de Valbrosse répondait parfaitement à leur attente. Sans être vraiment jolie, elle ne manquait ni de charme ni de grâce. Elle avait de la classe et cette distance naturelle aux êtres élevés dans les milieux aristocratiques de province. Elle transportait avec elle l'air d'Aix-en-Provence, un subtil mélange de distinction et de nonchalance, de mondanité et de goût de la nature. Ses parents, à l'instar de leurs riches compatriotes, possédaient une bastide dans la campagne aixoise réputée pour sa beauté harmonieuse et équilibrée. Une belle retraite, bordée d'un ruisseau, avec une terrasse à balustres, à l'ombre d'arbres centenaires.

Pour Mathilde, vivre à Hyères équivalait à un exil sur une terre fruste où les gens fréquentables se comptaient sur les doigts de la main. Jean-Baptiste ne s'aperçut de rien. Il vivait à côté de sa femme sans lui accorder d'attention. Il s'occupait de ses affaires. L'expression recouvrait beaucoup de choses. Il avait tout de même fait des enfants à Mathilde, par inadvertance. Il regardait grandir sa progéniture avec indifférence. Elle assurerait la descendance. C'était là son principal mérite.

Jean-Baptiste considéra dubitativement les journaux posés sur son bureau. Devait-il écrire à Prosper Flandésie pour exprimer son mécontentement ou se taire ? Sa première réaction avait été de prendre la plume. A la réflexion, ce n'était pas une bonne idée. Le journaliste s'était entouré de précautions. On ne pouvait contester aucun passage précis, dénoncer aucune assertion non fondée, pas de quoi l'accuser de diffamation. Réagir lui fournirait de nouvelles armes. Il faudrait que je n'intervienne pas directement, supputa Jean-Baptiste, que je me manifeste par l'intermédiaire d'un porte-parole.

Il songea à utiliser *Les Echos d'Hyères*, petit journal du pays paraissant le dimanche, qui se présentait comme un journal littéraire, propre à une station hivernale, d'intérêt local et d'annonces. On le servait à tous les étrangers dès leur arrivée. Le directeur, Victor Geoffroy, était de ses amis. Peut-être intercéderait-il auprès d'un de ses rédacteurs, qui accepterait de protester auprès de *L'Essor gaulois*. Victor Geoffroy pourrait lui rendre ce service. Malheureusement, le personnel dont il disposait pour alimenter en prose sa feuille de chou manquait de talent.

Il pesa le pour et le contre. En agissant ainsi, il attirerait l'attention de Geoffroy sur ses problèmes. D'une certaine façon, il corroborerait les allégations et les rumeurs. Solliciter l'aide de Victor était une arme à double tranchant.

Il relut attentivement les articles incriminés, souligna

les passages discutables. Le texte était très habile. Il n'affirmait rien de condamnable. Il inoculait la suspicion, laissait filtrer le doute, provoquait la critique. Flandésie utilisait le conditionnel, se livrait à des conjectures, sans franchir les limites à partir desquelles ses assertions pourraient entraîner des poursuites. Il jetait de la poudre aux yeux des lecteurs sans laisser à ses victimes un seul grain à moudre.

Finalement, Jean-Baptiste se contenterait d'envoyer à ses confrères du littoral méditerranéen une lettre attirant leur attention sur les articles parus, avec l'espoir que, plus hardis, ils interviendraient à sa place dans le sens souhaité. Il guetterait leurs réactions. Elles ne viendraient pas.

Une idée trottait dans la tête de Jean-Baptiste Devignol. Il avait une mémoire excellente. Il se souvenait très bien de ce qu'il avait dit au journaliste lors de leur entretien. Rien qui puisse soulever un lièvre. Prosper Flandésie avait puisé à d'autres sources. Il disposait d'autres informateurs. A Hyères, le seul à avoir été durablement en relation avec lui était Luigi Vulcani. Il avait lui-même chargé le contremaître de guider le visiteur et de répondre à ses questions. Luigi avait-il outrepassé son rôle ? Avait-il monnayé des renseignements ? La chose était à considérer.

Le Sicilien était un homme de confiance, sur lequel il se reposait pour sa plus grande satisfaction. L'arrangement était commode. Cependant, le connaissait-il assez pour justifier cette confiance ? Les sauniers n'aimaient pas Luigi. Le passé de celui-ci présentait des zones d'ombre. Jean-Baptiste avait abordé le sujet avec l'inspecteur des douanes Roger Vigliante et avec Emile Bouzargue, le commissaire de Hyères. Ni l'un ni l'autre ne savaient rien.

« Aucun soupçon ne pèse sur Luigi, avait dit le commissaire. Il n'a commis aucun délit. Tout au plus lui reproche-t-on quelques rixes. Votre homme a le sang chaud.

— Il n'est pas seul sous ces latitudes, avait observé Vigliante avec philosophie.

— Pourquoi me posez-vous ces questions ? avait demandé le commissaire. Avez-vous à vous plaindre de lui ?

— Non, avait répondu Jean-Baptiste Devignol.

— Avez-vous remarqué quelque chose d'anormal dans son comportement ?

— Pas davantage.

— Alors, je ne peux rien pour vous.

— Ne cherchons pas d'histoires là où il n'y en a pas, dit Vigliante. Le personnage est antipathique, je vous l'accorde. Il est de ces gens qu'on aimerait bien voir tomber. On ne peut cependant pas poursuivre tous les antipathiques pour embellir le paysage.

— Je vous promets toutefois de tenir ce Luigi à l'œil », avait conclu le commissaire.

Il fallait à Jean-Baptiste un bouc émissaire. Il refusait de reconnaître sa part de responsabilité dans cette affaire. Il appartenait à cette catégorie d'hommes faibles soucieux de se disculper, quitte à reporter la faute ou l'erreur sur autrui. Quoi qu'il se produise, ce n'est jamais de leur fait. Eux font leurs coups en douce, biaisent et trichent, fuient devant la réalité, s'avèrent incapables d'assumer leurs responsabilités, de trancher dans le vif, d'accorder leurs désirs à leurs actes. Le mal qu'ils causent les épargne. Ils s'en déchargent avec une haine douloureuse et jubilatoire. Voilà pourquoi Jean-Baptiste Devignol entretenait une liaison coupable avec la flamboyante Dany Duval.

Méfions-nous des faibles. Justifiés par leur faiblesse, ils sont prêts à tout. Jean-Baptiste était assez lucide pour savoir qu'il était un minable, incapable de changer. Il en souffrait intérieurement, essayait de compenser par la position sociale conférée par son statut de patron. Il aurait voulu faire sournoisement payer cette condition au monde entier.

Dany Duval, fine mouche, avait percé à jour le caractère de son amant. Elle tirait de lui ce qu'elle pouvait en attendant l'heure de l'inévitable rupture. Elle le méprisait d'être ce qu'il était. La passion qui, au début, l'avait portée vers cet être falot s'était estompée. Elle laissait place aujourd'hui à une vague tendresse. Jean-Baptiste ne s'en apercevait pas. Dany était bonne comédienne.

— Marion, je m'absente une heure ou deux, dit Albertine Galliari à sa commise. Monsieur Nicoli doit livrer les roses en fin de matinée. S'il arrive avant mon retour, tu t'en occupes.

— Oui, madame.

— Tu réceptionnes les roses, tu les prépares, tu les ranges dans la réserve... Ah ! tu diras à monsieur Nicoli que je le réglerai plus tard.

Il arrivait maintenant que madame Galliari laissât le magasin sous la responsabilité de Marion, qui se débrouillait seule de mieux en mieux. La fleuriste se disait que cette petite était riche de qualités. Elle ferait son chemin. Seule ombre au tableau, du train où elle allait, Marion risquait de ne pas se contenter longtemps de son emploi. Les moyens d'Albertine Galliari ne permettraient pas d'augmenter son salaire. Elle perdrait le meilleur élément qu'elle eût jamais trouvé.

Marion, demeurée seule, s'affaira dans la boutique. Elle élimina des vases les fleurs flétries, rétablit la composition des bouquets, changea l'eau, modifia la présentation générale, comme madame le lui avait enseigné. Elle s'appliquait à la tâche. Ce matin, la clientèle ne se bousculait pas. Elle balaya et nettoya le magasin, mit de l'ordre dans les outils et les ustensiles. Elle examina le résultat d'un œil satisfait. Puis elle passa à la réserve pour faire de la place en prévision de la livraison. Enfin, n'ayant plus rien à faire, elle s'assit sur un tabouret derrière la banque, et attendit.

Il était environ onze heures. Le père Nicoli ne tarderait pas à arriver, avec son chargement de roses fraîchement cueillies. C'était un vieil horticulteur amoureux de ses fleurs. Sa production lui permettait de vivre, certes, mais il les cultivait aussi pour le plaisir, parce qu'il créait de la beauté et du plaisir, parce que ses roses iraient émouvoir des femmes, qu'un bouquet offert par un époux, un amant ferait battre leur cœur, parce que ses efforts arrachaient à la terre de quoi nourrir l'amour.

Les roses étaient les fleurs préférées de Marion – surtout les rouges, symbole de passion et d'ardeur, dont les pétales de sang s'épanouissaient dans une odeur suave et capiteuse. Les humer conduisait au seuil de l'ivresse. Il fallait s'approcher, fermer les yeux, respirer profondément en se concentrant sur le parfum. On s'imprégnait de sensualité végétale jusqu'à devenir fleur à son tour.

Elle entendit la carriole du père Nicoli s'arrêter devant la boutique. C'était une petite charrette à bras qu'il tirait lui-même. Des gerbes de fleurs avaient été entassées dedans avec précaution, de façon à ne pas se mélanger et à ne pas s'abîmer pendant le transport.

— Salut ! dit le père Nicoli. La patronne n'est pas là ?

Ce petit vieux mince et alerte, sa tignasse de cheveux blancs lui tombant dans le cou, avait des yeux noirs, vifs et malins, qui brillaient dans un buisson de rides.

— Non, répondit Marion. Elle m'a confié la boutique.

— Ah ! Ah ! rigola Nicoli. Pour ça, elle est en de bonnes mains.

— Vous êtes gentil.

— Oh que non ! Je suis un vieux gredin. Mais j'ai l'œil... Venez. Aidez-moi à décharger.

Quand ce fut fini, le vieil horticulteur, pas pressé de partir, resta un moment à discuter avec Marion.

Comme tous les gens de son âge, il aimait égrener des souvenirs et raconter sa vie. Marion écoutait poliment. Il aurait pu être son grand-père. Ses propos évoquaient Joseph.

Soudain, la porte s'ouvrit brutalement. Nicoli et Marion sursautèrent. Auguste entra, le visage défait. Marion s'étonna de cette intrusion inhabituelle.

— Que se passe-t-il ? demanda-t-elle avec inquiétude.

— Eugène... articula-t-il.

— Qu'est-il arrivé à mon père ? dit-elle d'une voix blanche.

— Un accident. Il est tombé des planches avec sa brouette, avant d'arriver à la camelle.

— C'est grave ?

— Je ne sais pas. On l'a transporté chez vous.

13

Luigi Vulcani surveillait l'enlèvement des gerbes de sel dans les tables. Les hommes, armés de pelles, travaillaient au cristallisoir régulièrement semé de mottes blanches. Certains battaient le sel, enlevaient les impuretés. Ils lançaient la poudre en l'air comme les paysans après le battage du grain moulu. D'autres circulaient en poussant ou traînant des brouettes. De loin, le chantier ressemblait à un vaste jeu. On aurait dit des enfants occupés à bâtir des châteaux de sable. Cela semblait facile. Un observateur profane ne pouvait concevoir combien ces tâches étaient ingrates et pénibles. Le soir, les hommes rentraient chez eux épuisés, les yeux brûlés par les éclats de soleil et de sel.

Luigi regardait d'un œil indifférent les sauniers à l'œuvre. Devant la même scène reproduite tant de fois, il n'éprouvait ni sentiment ni émotion. Il effectuait machinalement son travail, immobile à son poste de contrôle. Quelquefois, il marchait le long des digues afin de vérifier ce qui se déroulait au bout du cristallisoir. Aujourd'hui, sa tête était ailleurs. Deux événements le perturbaient de façon contradictoire. L'inquiétude s'opposait à la satisfaction. Des deux, la première l'emportait parce qu'il se sentait directement menacé.

Le premier incident avait eu lieu le matin, à huit heures. Il arrivait aux salins pour prendre son travail. Un employé était venu lui signifier que le patron l'attendait dans son bureau, chose surprenante à cette heure matinale. Jean-Baptiste Devignol ne venait jamais si tôt. La chose s'expliquait sans doute par le fait qu'on était en pleine saunaison. Jean-Baptiste Devignol voulait lui donner de nouvelles directives pour améliorer le rendement.

Il entra de bonne humeur dans le bureau du patron. Il en ressortit, trois quarts d'heure plus tard, furieux. Un profond sentiment d'injustice le soulevait.

Jean-Baptiste Devignol l'avait mis sur le gril à propos de la visite guidée du journaliste parisien. A ses yeux, il n'en ressortait rien de bon. Or Luigi avait agi conformément à ses indications, sans faire de zèle. Au lieu de l'en féliciter, le patron le suspectait d'il ne savait quoi. Jean-Baptiste Devignol posait des questions étranges, exprimait des allusions désobligeantes. Luigi ne pouvait que les contester. Le contremaître avait fini par comprendre : on voulait lui faire porter le chapeau. Le patron l'accusait implicitement de divulgations de renseignements et d'opinions coupables exploitées par Prosper Flandésie pour dénigrer la Société des Salins.

Il se défendit, sûr de son honnêteté et de son bon droit. Il se dépensa en pure perte pour prouver son innocence. Devignol s'était forgé une conviction. Il le jugeait coupable, il n'en démordrait pas. Face à cet acharnement incompréhensible, Luigi courba l'échine. Il refusa de se laisser submerger par la révolte. Ayant passé quarante ans, il avait toujours fait correctement son boulot, assumé ses responsabilités, stimulé les ouvriers afin d'augmenter la production et la rentabilité de l'entreprise. Voilà comment on le remerciait ! Il était indigné, ulcéré. Il étouffait de ne pouvoir laisser exploser sa colère.

Le second événement s'était produit plus tard, dans la matinée. Un faux pas avait fait chuter Eugène Figuières du toboggan avec son chargement de sel. Il était tombé de trois mètres de haut et avait reçu la brouette sur le corps. Le sel s'était répandu, irrécupérable. Eugène, les os brisés, demeurait étendu sur le sol en poussant des cris de douleur. Ses camarades se pressaient autour de lui. L'accident avait stoppé le rythme.

« Vite ! Dégagez la place ! Emmenez-le et continuez le travail, avait ordonné Luigi. On a assez perdu de temps comme ça.

— Où faut-il l'amener ?

— Au diable, si vous pouvez ! »

Lui ne devait pas abandonner son poste au moment le plus important de la récolte. Alban et Auguste s'en étaient chargés. Ils avaient allongé le corps dans le tombereau, sous une bâche. Tandis qu'Alban conduisait le cheval, Auguste, à l'arrière, surveillait le blessé. Il essayait d'amortir les secousses.

Luigi se félicitait de l'accident advenu à Eugène, qu'il détestait. Il espérait que le mal le clouerait longtemps au lit, qu'il récupérerait difficilement ses forces. Peut-être resterait-il infirme, inapte au travail. Il ne reviendrait plus jamais aux salins. Bon débarras ! Des recrues de son espèce, il s'en passait volontiers. De la graine de perturbateur ! Eugène avait ce qu'il méritait.

Maintenant, Luigi n'avait plus à se soucier d'Eugène. Il avait les mains libres pour entreprendre sa fille. Marion se hasarderait aux salins un jour ou l'autre. L'attrait serait plus fort que sa raison. Elle aimait ce paysage, cette atmosphère. Les plaques salantes fonctionneraient comme un piège. Luigi attendrait le moment propice. Il serait plus facile qu'en ville de s'occuper de la donzelle. Il avait mal calculé son coup en l'agressant, dans le vieux Hyères. Effarouchée, elle se tenait sur ses gardes. D'autant que cette garce de Nanou s'était mis en tête de la protéger.

Il aperçut Jean-Baptiste Devignol. Chemise blanche à col cassé, pantalon de flanelle, veste claire ouverte sur la chemise, un panama sur la tête, bord rabattu sur le front, la canne à la main. Il s'arrêta à proximité du chemin de planches emprunté par les sauniers, hors de portée de la boue. Il se tenait du côté opposé à Luigi. Il regardait les hommes passer devant lui, imperturbable. Il y en avait de toutes les tailles, de tous les gabarits, des glabres, des barbus, des moustachus. Certains portaient la large taillole, quelques-uns des bretelles par-dessus la chemise. Tous étaient coiffés d'un feutre mou. Arrivés au bout du chemin de bois, ils déversaient sur le monticule le sel que d'autres égalisaient à la pelle ou au râteau.

Marion, à l'annonce de la nouvelle, fondit en larmes. Entre deux sanglots, elle interrogea Auguste, voulut connaître tous les détails.

— Je ne peux te dire que ce que j'ai vu, soupira Auguste. Après, je ne sais pas. Alban est resté auprès de lui. Moi, je suis venu au plus vite te prévenir.

— Et ma mère ?

— Elle se lamentait.

— Le médecin est-il venu ?

— On est allé le chercher. Je redescends. Impossible de m'absenter plus longtemps. Vulcani va m'engueuler. Si tu veux profiter de la charrette...

— Non, merci. Je suis seule à la boutique. Je ne peux pas partir. Il faut que j'attende le retour de la patronne.

— A ta guise. Ne t'inquiète pas. Eugène a la peau dure. Il s'en tirera.

— Si je peux vous être utile... dit le père Nicoli, qui avait assisté à la scène.

Marion essuya ses larmes et le remercia de sa bienveillance.

— Je vais ranger les roses. Je rentrerai après.

Elle fit ce qu'elle avait dit. Elle coupa l'extrémité des tiges, enleva les basses épines, mit les roses en gerbe, les déposa soigneusement dans la réserve en veillant à ne pas les entasser. Par moments, des sanglots l'agitaient.

Albertine Galliari revint vers midi trente et trouva sa commise en pleurs.

— Qu'as-tu, petite ? Il s'est passé quelque chose ?

Marion la mit au courant. Albertine Galliari n'hésita pas une seconde :

— Prends ton après-midi. File voir ton père.

— La boutique...

— Va ! Je m'en occupe.

A la maison, deux voisines étaient venues aider Sidonie, qui se lamentait sur l'injustice du sort.

— Qu'allons-nous devenir si Eugène ne peut plus travailler ?

— Le médecin est venu ? demanda Marion.

— Pas encore.

— On l'a prévenu ?

— Bien sûr.

— Pourquoi n'est-il pas là ?

— Nous ne sommes pas riches, soupira Sidonie.

— Il doit venir. J'embrasse papa et je vais le chercher.

— Il ne t'écoutera pas.

— On verra bien.

Son père, allongé sur le lit, semblait dormir. Il était blême. De temps en temps, une sorte de tic déformait son visage. Il émettait un râle sourd.

— Tu souffres ?

Il inclina affirmativement la tête. Marion caressa son front de la main. La fièvre le rongeait. Si on ne le saignait pas, son état empirerait rapidement.

— Tu vas t'en tirer, dit-elle avec optimisme.

Eugène esquissa un triste sourire.

— A la grâce de Dieu.

Marion serra tendrement la main de son père.

— Repose-toi. C'est ce que tu as de mieux à faire. Le médecin va t'examiner.

Le docteur Ripert succédait au docteur Pascal, qui avait pris sa retraite quelques mois auparavant. Aimé de tous, généreux, toujours disponible, le docteur Pascal respectait à la lettre les articles du serment d'Hippocrate : « Je donnerai mes soins gratuits à l'indigent et n'exigerai jamais un salaire au-dessus de mon travail. » On le payait à la saint-glinglin, quand on pouvait. Il aimait son métier – une vocation – et le pratiquait avec abnégation. Aussi s'était-il retiré dans le haut Var sans avoir fait fortune.

A son successeur, tout juste âgé de trente ans, il restait tout à prouver. On ne le connaissait pas. Il arrivait de Montpellier, où il avait fait ses études. Excellente faculté que celle de Montpellier, et de très ancienne renommée puisque Rabelais lui-même y avait été formé. Le docteur Ripert devait d'abord vaincre les préjugés tenaces, faire ses preuves. Les Hyérois, mal disposés envers les étrangers, ricanaient en l'attendant au tournant. Or un autre cabinet venait de fermer sans être encore repris. Les patients ne manquaient pas. Le jeune toubib regrettait que les journées n'aient pas plus de vingt-quatre heures.

Une femme blonde, avenante, fit entrer Marion dans la salle d'attente. Deux clients patientaient déjà.

— C'est pour une urgence, madame, insista Marion. Un accident survenu aux salins.

— Je vais voir ce que je peux faire. Le docteur est surchargé.

Marion laissa échapper ses larmes.

— Il s'agit de mon père, dit-elle.

Une minute plus tard, la femme blonde revint.

— Inutile de rester, dit-elle. Donnez-moi l'adresse, mademoiselle. Le docteur ira voir votre père. Retournez auprès de lui.

Marion repartit aux salins. Elle avait marché le plus vite possible et la fatigue alourdissait ses membres.

— Comment va-t-il ? demanda-t-elle à Sidonie.

— Mal. Il souffre.

— Le docteur Ripert a promis de venir le plus tôt possible.

— A sa place, le docteur Pascal serait déjà là, observa Sidonie, de mauvaise grâce.

Le docteur Ripert tint parole. Il arriva trois quarts d'heure après Marion, examina minutieusement Eugène, réduisit la fracture de la jambe, plaça des attelles. Il pansa ensuite l'épaule et une partie du torse.

— C'est grave ? demanda Marion.

— Il a la jambe droite cassée. Peut-être les côtes. Sans compter les ecchymoses. Je vais le faire admettre à l'hôpital.

— Nous n'avons pas les moyens, intervint Sidonie.

— Je m'en occupe, dit le médecin.

— Il en a pour longtemps ?

— Plusieurs mois, je le crains. Il faut que les os se ressoudent et qu'il réapprenne à marcher. Cela demandera du temps.

— Il ne pourra pas travailler ?

— Non.

Même dans l'éventualité de la guérison d'Eugène, le médecin réservait son diagnostic. Sa jambe continuerait à le faire souffrir. Si la cicatrisation ne s'effectuait pas dans de bonnes conditions, il risquait de rester estropié. Dans ce cas, il serait dans l'incapacité de reprendre son travail aux salins. Luigi se montrerait inflexible. Jean-Baptiste Devignol n'hésiterait pas à le renvoyer. L'avenir s'annonçait sinistre pour la famille Figuières.

Marion, grâce à la généreuse compréhension d'Albertine Galliari, disposait de son après-midi. Elle resta au chevet de son père, avec sa mère. Sidonie se lamentait.

— Qu'allons-nous devenir ?

— Nous nous débrouillerons. Il y a toujours une solution.

A dix-neuf heures, Alban, Marius et Auguste vinrent aux nouvelles.

— Sors pendant qu'ils sont là, dit Sidonie à Marion. Profites-en pour t'aérer un peu.

Marion marcha le long du rivage, selon son habitude. La mer rutilait sous le soleil. Elle ne rencontra personne jusqu'à l'embouchure du Gapeau. Là, debout sur un rocher, un homme contemplait l'horizon. Les eaux étaient parcourues d'ondes de feu.

Quand Marion passa, l'inconnu se retourna. Il portait un canotier incliné en arrière. Son visage, fin et très pâle, était encadré de boucles blondes. Elle reconnut le jeune homme entrevu chez Mathilde Devignol.

14

Grâce à la beauté de son site et à la qualité exceptionnelle de son climat, Hyères disposait d'un statut privilégié depuis le XVIIIe siècle. Devenue ville d'hivernants, elle suscitait de nombreux échos dans la presse, surtout dans la littérature médicale. Des aristocrates et de riches bourgeois venaient y soigner leur complexion fragile ou simplement se reposer. Ils apportaient dans leurs bagages leurs manières, leurs goûts, leur art de vivre, si différent de celui des autochtones.

Ces gens-là dépensaient beaucoup d'argent pour leur bien-être et leur plaisir. Ils exigeaient confort, luxe, considération, un service comparable à celui des villes d'eaux les plus huppées.

En 1834, Hyères comptait déjà trois hôtels de grande classe : l'hôtel d'Europe, l'hôtel des Ambassadeurs et l'hôtel Thollon, situé sur l'île de Porquerolles, dans un cadre paradisiaque. On avait construit, en 1851, le Grand Hôtel des Iles d'Or, premier d'une série de dix palaces réalisés en cinquante ans. La capacité hôtelière de la Cité des Palmiers atteignait six cents chambres en 1867. Le Golf-Hôtel avait été inauguré en 1904, malgré la forte concurrence qu'exerçaient les localités des Alpes-Maritimes à l'origine du succès de la Côte d'Azur.

A la Belle Epoque, Hyères était la station climatique favorite des Anglais. Fuyant le brouillard et la pluie glaciale de leur pays, ils venaient là passer plusieurs semaines à la mauvaise saison pour jouir du soleil et du ciel bleu. Cet attrait se trouva renforcé en 1892, lorsque la reine Victoria en personne séjourna au Grand Hôtel d'Albion, le bien nommé. Le prestige de l'établissement rejaillit sur les autres, et sur la cité tout entière. Si la reine donnait l'exemple, les sujets suivaient.

Les étrangers constituaient une véritable manne. Leur présence modifiait sensiblement la physionomie de la ville. On voyait se côtoyer des gens qui n'avaient rien de commun, mais ils ne se mélangeaient pas. La riche clientèle vivait en circuit fermé, en vase clos. Certains arrivaient avec leurs propres domestiques, de peur d'être mal servis.

La famille Keepton, composée de Richard, le père, financier londonien réputé, Meryl, la mère, et John, leur fils unique, séjournait périodiquement au Grand Hôtel des Iles d'Or depuis le début du siècle. Au début, John, accaparé par ses études, répondait à l'appel d'autres destinations, la Suisse, l'Italie, la Grèce. Il accompagnait rarement ses parents. Du moins jusqu'en 1909, date à laquelle il s'enticha à son tour de la Cité des Palmiers.

Maintenant, il prolongeait quelquefois son séjour au-delà de celui de Richard et Meryl. Ceux-ci rentraient à Londres. John, bizarrement épris de solitude, différait le plus possible son activité professionnelle. Il restait sur place, à paresser, parfois jusqu'à l'été. Ou bien il partait et revenait au bout de quelques mois.

Le jeune homme marchait à travers la campagne avoisinante, dans les chemins creux, le long des berges du Gapeau. Il lisait en se gavant de jus de fruits. Il rêvassait au bord de la mer, flânait sans but. La luxuriance de la nature le comblait. Rien ne troublait son cœur ni son esprit. Ce garçon était simplement heureux.

Il ne connaissait pas grand monde à Hyères, à part Victor Geoffroy. Le propriétaire du journal *Les Echos d'Hyères* s'occupait aussi de l'Agence générale des étrangers. John fréquentait également les Devignol, surtout Mathilde, l'épouse de Jean-Baptiste. Les Keepton visitaient depuis longtemps sa famille, qui les recevait dans sa belle demeure d'Aix-en-Provence lorsqu'ils descendaient dans le Midi.

John entretenait des relations courtoises avec des clients du Grand Hôtel des Iles d'Or. Avec deux ou trois camarades de son âge, il s'entraînait au noble art, dans une salle adéquate, au rez-de-chaussée de l'hôtel. Il avait commencé à pratiquer ce sport à Eton, pendant ses années de collège. Il ne s'ennuyait pas. Il transportait en promenade son carton à dessin et sa boîte d'aquarelle pour les moments d'inspiration. Il s'efforçait de restituer sur le papier les paysages déployés sous ses yeux. La nature méditerranéenne, avec ses lignes nettes, ses couleurs franches, sa géométrie puissante, échappait à la fluidité, à la nébulosité de la peinture anglaise.

Jean-Baptiste Devignol compulsait des dossiers quand sa secrétaire pénétra dans le bureau.

— Un jeune homme veut vous voir, dit-elle.

— A-t-il rendez-vous ?

— Non.

— Quel genre ?

— Bien fait de sa personne, élégant, l'air bohème. Sans doute un artiste.

— Ah... Dites-lui que je ne reçois pas.

— J'ai essayé de le dissuader, répondit la secrétaire avec un geste d'impuissance. Il ne veut rien entendre. Il fait le pied de grue dans le couloir.

Jean-Baptiste, échaudé par l'entrevue avec Prosper Flandésie, redoutait la visite d'un nouveau journaliste.

— Que veut-il ? demanda-t-il.

— Il insiste pour vous voir personnellement. Il prétend avoir une lettre à vous remettre en mains propres. Je ne sais rien de plus.

— Son nom ?

— Maurice Desplat.

Jean-Baptiste fronça le sourcil.

— Desplat ?... Ma foi, cela ne me dit rien. Je ne connais pas ce monsieur.

L'annonce de la lettre l'intriguait. La secrétaire avait souligné l'aspect artiste de l'inconnu, avec une nuance péjorative. Ce n'était pas le genre de la maison. Il ne venait pas en solliciteur, quémander une place ou de l'argent, mais avec mission de remettre un pli. Etait-ce un prétexte ou la vérité ?

Comme la secrétaire s'apprêtait à refouler l'importun, Jean-Baptiste l'arrêta :

— Attendez !

Il balança quelques instants. Sa curiosité était éveillée. Puis :

— Faites entrer ce monsieur, décida-t-il.

Le visiteur, âgé d'une trentaine d'années, portait un costume à carreaux, cintré, avec des pantalons à soutache. Les cheveux bruns bouclés, des yeux très noirs, une fine moustache de mousquetaire sur une bouche sensuelle. Il se retourna pour vérifier si la secrétaire avait bien fermé la porte.

— Asseyez-vous. Je vous écoute, dit Jean-Baptiste Devignol.

— Ce ne sera pas long.

Desplat tira de sa poche une enveloppe cachetée et la tendit à Jean-Baptiste.

— Voilà. J'étais chargé de vous remettre cette lettre. C'est fait.

— Pas de commentaire ?

— Non.

— Vous attendez une réponse ?

— Non. Je vais prendre congé.

Jean-Baptiste Devignol prit la missive. Il vit son nom écrit sur l'enveloppe. Il pâlit aussitôt et se sentit défaillir. Il venait de reconnaître l'écriture de Dany Duval.

La tournée de Dany Duval n'avait pas été seulement couronnée de succès. La chanteuse s'était vue confirmée dans son art. Sa réputation s'affermissait au-delà de ses espérances. Sa carrière prenait un nouvel élan. Consciente de cette chance, elle souhaitait en profiter au maximum, sachant combien l'opinion du public est versatile. Ce qu'il adorait aujourd'hui, il le brûlait le lendemain, sans que l'artiste ait démérité.

Dany avait gagné beaucoup d'argent. Des directeurs de théâtre la sollicitaient. Elle augmentait ses cachets sans essuyer de refus. Contrairement à la plupart de ses rivales, Dany était une femme de tête. Elle n'appartenait pas à l'espèce cigale. Sans cesser de jouir du présent, elle assurait ses arrières et préparait son avenir. Parmi la cohorte de soupirants qui tournaient autour d'elle, quitte à se brûler les ailes, elle avait remarqué un beau ténébreux au regard de velours. Il traînait une incurable mélancolie. Cela l'entourait d'une aura de mystère propre à intriguer la chanteuse et à susciter son intérêt. La faille qu'elle percevait chez cet individu constituait l'arme la plus efficace pour emporter la place.

Dany Duval se laissa séduire. Le garçon avait besoin d'elle. Elle se sentit capable de chasser sa tristesse. Elle qui ne s'était jamais souciée que de son ego interpréta ces symptômes comme une mission à accomplir, une opération de sauvetage, sans doute son meilleur rôle.

Le beau ténébreux se nommait Félicien Lemoine. Héritier d'une famille de soyeux lyonnais, il exerçait sans conviction la profession d'avocat. Au grand dam de ses parents, il n'avait pas la fibre manufacturière. Pour fuir le cocon familial, il avait couru à Paris. Inscrit à la faculté de droit, il se proposait d'intégrer la basoche. La découverte de Dany Duval l'avait transporté dans un univers de paillettes et de strass. Il n'en connaissait rien et voulait tout.

Dans les bras de Félicien, Dany Duval oublia son ancien amant laissé sans nouvelles depuis des semaines. Sans doute se morfondait-il dans son sinistre bureau tapissé de dossiers. La pensée de Jean-Baptiste Devignol l'effleurait parfois. Elle la repoussait comme on le fait d'une mouche importune. Sans états d'âme. Il avait eu son dû. Il n'avait rien promis ; elle, non plus. Elle couchait avec son nouvel amour sans éprouver le sentiment de trahir l'ancien.

Félicien incarnait une chance d'avenir ; Jean-Baptiste, un dérivatif lucratif. Il payait chèrement les quelques moments passés en sa compagnie. Mais le corps de Dany méritait plus que ce que pouvait donner ce mollasson.

Un jour que son insistance aveugle l'avait indisposée, elle lui avait assené cette vérité :

« Dis-toi bien, Jean-Baptiste, que je suis au-dessus de tes moyens. De nous deux, c'est moi qui te fais un cadeau. »

La fois suivante, il lui avait offert un bijou.

Elle ignorait que pour honorer cet achat il avait dû vendre des titres.

Au fur et à mesure que Jean-Baptiste lisait, son visage se décomposait. Le sang se retirait de ses veines. Le sol se dérobait sous ses pieds. Un vide immense l'aspirait. La vertigineuse giration d'un siphon le happait.

Les lettres tremblaient sous ses yeux. Il s'y reprenait à plusieurs fois pour déchiffrer le sens des phrases. Chaque mot équivalait à un coup de poignard. Il refusait de se rendre à l'évidence. Dany le quittait. Elle accordait ses faveurs à un rival plus jeune, plus fortuné, et surtout disponible.

Il se révolta contre les contraintes qui le retenaient prisonnier. Ces liens, il ne pouvait les trancher pour rejoindre celle qui enflammait son cœur et ses sens. Il maudit son mariage, sa progéniture, et ces fichus salins dont l'amertume l'emplissait.

La lettre annonçait encore un événement épouvantable, ultime coup porté à son désespoir : Dany Duval venait d'être engagée pour une série de représentations à Toulon, où elle se produirait pour la première fois.

Accablé, furieux, Jean-Baptiste froissa la lettre et la jeta violemment au panier. Il prit sa canne, son chapeau, se précipita vers la porte. Il bouscula sa femme en sortant.

— Qu'avez-vous ? s'affola-t-elle. Quelque chose de grave est arrivé ? Vous êtes dans un état...

Il sortit sans répondre. Il espérait vaguement que, dehors, l'air l'apaiserait. Il n'en fut rien. Des larmes humectaient ses yeux. Il respirait péniblement. Les mêmes mots obsédaient son esprit. Sa vie était finie. Il ne trouvait rien à dire ni à faire, sinon marcher nerveusement dans la rue. Il n'y avait pas d'issue, pas de solution. L'idée le traversa d'aller voir Dany malgré elle. On s'expliquait mieux de vive voix. Il saurait trouver les mots, la fléchir, la ramener dans ses bras. Il s'agissait d'un cauchemar, d'un mauvais moment fomenté par le destin, d'une épreuve pour tester son amour. Il allait se réveiller et les choses reprendraient leur place.

Il croisa plusieurs connaissances sans les saluer. Obsédé par sa douleur, il ne voyait rien.

15

L'état d'Eugène Figuières ne s'améliorait pas. Il refusait d'aller à l'hôpital, qu'il considérait comme l'antichambre de la mort. Sidonie le soignait de son mieux. Le docteur Ripert évaluait la progression du mal. A chaque visite, il mesurait les limites de sa science. Il faisait tout ce qui était en son pouvoir. Il répétait en vain que l'hôpital était la meilleure solution. Eugène ne voulait rien entendre.

Sidonie, déjà résignée au grand départ, avait attiré le médecin à l'écart :

— Docteur, si Eugène ne peut pas guérir, qu'il meure au moins dans son lit.

— Nous n'en sommes pas là. Ayez confiance.

— Je le connais, moi, mon Eugène. Je vois bien que son mal empire. Il commence à sentir.

— La nature accomplit des miracles. Je mets tout en œuvre pour l'aider.

— Que Dieu vous entende !

— Il n'est pas de trop, soupira le jeune médecin.

L'atmosphère de la maison se ressentait du drame. Sidonie, consacrant la majeure partie de son temps à son mari, négligeait le ménage. Quand elle ne s'occupait pas d'Eugène, elle travaillait chez des bourgeois. Elle faisait la lessive, le repassage. Elle rentrait exténuée. Impossible de joindre les deux bouts sans ce complément d'argent. A cause de l'accident, Eugène ne touchait plus sa paye. Leur peu d'économies fondait à vue d'œil malgré la vigilance de Sidonie, qui dépensait avec parcimonie.

« Qu'allons-nous devenir ? » soupirait-elle avec angoisse.

Ses yeux étaient rouges. Souvent, elle pleurait en cachette.

Marion donnait son argent à sa mère, gardant le minimum pour son usage personnel. Si Eugène ne retournait pas aux salins, cet apport ne suffirait pas. La pauvreté les guettait. Son masque hâve au teint gris les épiait par la fenêtre. Une odeur indéfinissable mais terrible la précédait.

Marion refusait l'indigence de toutes ses forces. L'accident de son père était intervenu au moment où, grâce à un emploi fixe chez Albertine Galliari, elle se sortait d'affaire et misait sur l'avenir. Si Eugène mourait ou demeurait estropié, c'était perdu. Il faudrait recommencer à zéro, avec de moindres atouts. En aurait-elle le courage ?

Elle ruminait, ce dimanche-là, de funestes pensées. Sidonie assistait à l'office dominical. Marion assurait la garde de son père pendant que sa mère priait pour son salut. Eugène dormait. Marion avait ouvert le petit cagibi où s'entassaient les affaires du grand-père Joseph, que Sidonie n'avait pas brûlées après l'enterrement.

Marion examina dubitativement les reliques, les défroques de son aïeul. L'existence de Joseph se réduisait à ce tas de choses hétéroclites, dépourvues de valeur. Pourquoi les conserver ? Dans quel but ? Aucun sentiment ne s'y attachait. Il fallait jeter. Mais ce serait comme si Joseph mourait une deuxième fois. De toute façon, Marion ne déciderait rien contre l'avis de sa mère.

Elle se mit à fouiller, à plier les vêtements usagés et démodés. Un clochard n'en eût pas voulu. Elle ouvrit des boîtes rangées dans une cantine. Le trésor consistait en bouts de crayon, boutons de chemise, pelotes de ficelle, canifs rouillés, quelques outils rescapés de l'aventure salinière. Une plaque de cuir rajoutée occupait le fond de la malle. Elle n'avait pas la même couleur et se plissait par endroits.

La pièce était collée. Marion peina pour l'arracher. La curiosité étant la plus forte, elle y parvint. Dessous, elle découvrit un petit portefeuille en cuir noir qui sentait le moisi. Elle l'ouvrit, impatiente d'en voir le contenu, fébrile de forcer l'intimité de Joseph, de percer un secret jusque-là bien gardé. La présence d'un corps dur se manifesta à travers le cuir.

Elle fouilla dans le portefeuille. Il en tomba une pièce d'or. Elle la ramassa avec précaution, comme si elle craignait de s'y brûler les doigts. Puis elle examina le trophée. Une grande joie l'envahit. La pièce portait l'effigie d'un prince. Pour la première fois de sa vie, Marion tenait dans la main une fortune. Elle décida de n'en pas parler. Elle la conserverait pour elle. Ce serait son porte-bonheur, son talisman.

Elle poursuivit l'inventaire. Le portefeuille contenait aussi un dessin à demi brouillé sur une feuille de papier quadrillé, une sorte de plan rudimentaire n'évoquant aucun lieu connu d'elle. Elle exhuma deux articles de journaux, les déplia soigneusement. Ils avaient été publiés à cinq mois d'intervalle. Sur le papier jauni par le temps, les lignes étaient lisibles. Le premier informait de la disparition inexpliquée d'un employé des salins de Frontignan. L'homme était décrit comme un ivrogne dangereux, ayant eu des démêlés avec les argousins. Plusieurs jours s'étaient écoulés sans qu'il se présente à son travail. Les gendarmes enquêtaient. La seconde coupure faisait état de la découverte d'un cadavre en décomposition dans des marais désaffectés, à proximité de Cette.

La lecture troubla Marion. Qu'est-ce que cela signifiait ? Pourquoi grand-père Joseph avait-il conservé toute sa vie la trace de ce morbide fait divers ? Quel lien entretenait-il avec le disparu et le cadavre ? S'agissait-il du même homme ? Joseph avait travaillé dans cette région aux dates indiquées. Il en avait parlé du temps qu'il racontait sa vie, son périple jusqu'aux Pyrénées.

Un soupçon terrible s'empara de Marion, une hypothèse qu'elle refoula avec horreur. Plus elle la repoussait, plus elle revenait, avec force. Et si grand-père Joseph avait... si le fameux secret flairé autrefois recouvrait ce lointain fait divers...

Elle remit tout en place, gardant la pièce d'or et le portefeuille, qu'elle rangea dans son sac.

Quand Sidonie revint de la messe, Marion dit :

— Je sors. Je vais prendre l'air.

— Rentre pour déjeuner.

Sidonie s'attachait à des horaires fixes. Elle aimait la vie régulière, calibrée. Cet immuable découpage du temps la rassurait. Marion la désarçonnait par sa désinvolture et sa fantaisie. Elle se moquait des règles.

Luigi Vulcani ouvrit les yeux et grimaça aussitôt. Un gnome invisible entamait son crâne à coups de pioche. De lancinantes douleurs traversaient son cerveau. Sa langue remuait dans une bouche pâteuse. Il étira avec difficulté ses membres gourds. Il se leva avec effort, se dirigea d'un pas de somnambule vers la cruche, se versa un verre d'eau qu'il avala avidement. Le liquide répandit un flot de douceur le long de son œsophage irrité par l'abus d'alcool.

La veille, il avait quitté les salins noué de colère. Il ne digérait pas les allusions de Jean-Baptiste Devignol. Les mobiles de sa suspicion lui échappaient. Venant d'un autre, une saine bagarre eût réglé l'affaire. Devant le patron, il jugulait sa violence sans broncher. Il ressentait ses accusations larvées comme une injustice.

Pourquoi le patron, dont il servait les intérêts avec zèle, lui en voulait-il maintenant ?

Il était remonté à Hyères de fort méchante humeur. Sa violence exigeait libération. Il entra au Tourlourou dans cette disposition. Un coup d'œil renseigna Marsias. Mieux valait ne pas titiller Luigi. Il s'abstint de toute remarque, évita de plaisanter, servit les verres qu'il voulait. Au fur et à mesure qu'il buvait, le regard de Luigi s'assombrissait. Les prémices de l'ivresse l'amenaient à tout mélanger : les observations de Devignol, la résistance de Marion, les trahisons de Nanou. Il gardait surtout celles-ci sur l'estomac. Si quelqu'un devait payer, c'était Nanou.

Il se sentit abattu, laminé. La solitude l'accablait du poids de la fatalité. Elle le poursuivait depuis son départ de Sicile. Pour se sentir vivre, exister, pour recouvrer confiance en soi, rien ne valait une bonne bagarre. Quand on se bat, on oublie les soucis. Les coups de poing ne pleuvent pas seulement sur l'adversaire, qui n'est jamais qu'un prétexte, ils cognent dans sa propre faiblesse, son désespoir. L'intelligence fruste de Luigi ne lui permettait pas d'entrer dans ces subtilités. Il s'agissait pourtant de cela.

Malgré la vigilance et les précautions de Marsias, une altercation avait opposé Luigi à deux types aux alentours de vingt heures. Elle avait dégénéré et menacé d'entraîner d'autres consommateurs. Marsias avait dû mettre Luigi à la porte avec l'aide d'habitués. Luigi avait fini par obtempérer, non sans proférer, de sa voix pâteuse, d'horribles menaces. Il avait traversé la place d'un pas chancelant et s'était dirigé vers la boutique d'Albertine Galliari. A cette heure tardive, il trouva évidemment porte close. Il se mit à donner des coups de pied dans le rideau métallique, à lancer des injures et des insanités à l'adresse de Marion.

Des fenêtres s'ouvrirent. Des voisins protestèrent contre le tapage nocturne. Au lieu de se calmer, Luigi s'emporta de plus belle. Jusqu'au moment où, prévenus, les policiers intervinrent. Ils conduisirent l'énergumène au poste, où le commissaire Bouzargue s'occupa de lui.

Luigi se calma. La présence des forces de l'ordre le dégrisa. On le libéra moyennant un procès-verbal et une amende.

Il regagna son domicile, s'effondra tout habillé sur son lit et sombra dans un sommeil de plomb.

Marion effectuait sa promenade favorite, le long du rivage. Elle essayait de se rappeler les conversations d'autrefois, avec son grand-père Joseph. Cette époque était déjà lointaine. Elle était alors trop jeune pour discerner dans les propos du vieillard ce qu'il convenait de retenir, trop jeune pour poser des questions pertinentes. Elle regrettait l'occasion manquée. La vie de Joseph se révélait moins lisse qu'elle ne le paraissait. Elle comportait du flou, de l'ombre, du mystère. Sans doute n'avait-il pas tout dit de son périple languedocien. La triste fin du saunier ne s'expliquait pas seulement par son attaque cérébrale. Un secret le rongeait depuis des années. Faisait-il allusion à cela lorsqu'il disait, le regard ailleurs : « La vie n'est pas simple. Nul ne sait de quoi il est capable ni ce qui peut advenir » ?

Marion avait attribué la remarque à la sagesse venue avec le grand âge, un pessimisme frappé du sceau du bon sens. Après la découverte des coupures de presse, elle l'interprétait comme une réflexion dictée par l'expérience, inscrite dans l'histoire personnelle du vieil homme. Voilà pourquoi il importait de se débarrasser des articles.

Elle s'approcha d'une crique sablonneuse, retenue par des plantes vivaces, ceinturée d'arbres proches de la mer. Un endroit sauvage, une enclave à laquelle on accédait par un étroit sentier obstrué par des branches qu'il fallait écarter.

Marion déchira les articles et les jeta à l'eau. Le portefeuille suivit.

Quand elle rebroussa chemin, elle remarqua un jeune homme qui la regardait. Il était assis sur un tabouret, un carton à dessin sur les genoux. Il lui sourit.

— Bonjour.

Il avait un fort accent étranger. Elle répondit. C'était le jeune homme aperçu chez les Devignol. Elle l'avait croisé quelquefois en ville. Il était avenant et charmant, le teint pâle, les yeux très bleus, les cheveux blonds.

— Vous dessinez ? demanda-t-elle.

— Oui. Voulez-vous voir ?

— Volontiers.

Marion s'approcha, examina le dessin. De vigoureux

traits de fusain campaient le paysage qu'ils avaient sous les yeux.

— Ça vous plaît ?

— Beaucoup, dit Marion. Vous êtes doué. Mais je n'y connais rien.

— Il ne suffit pas de connaître pour aimer.

Son accent chantait bizarrement aux oreilles de Marion.

— Vous, vous n'êtes pas d'ici, observa-t-elle.

— Je suis anglais, sujet de Sa Gracieuse Majesté, précisa-t-il avec une nuance d'ironie.

— Ah ! Il y a beaucoup d'Anglais à Hyères.

— En effet.

— Vous êtes venu pour peindre ? Vous êtes artiste ?

Il rit de la remarque.

— Pas vraiment. Peindre m'amuse. C'est un passe-temps.

— C'est beau.

— Puisque ça vous plaît, je vous l'offre.

Il déchira la feuille du cahier et la lui tendit. Marion rougit, confuse.

— Je ne peux pas accepter.

— Pourquoi ? Prenez. C'est de bon cœur. J'en ai de pleins cartons. J'en ferai d'autres.

— Dans ces conditions...

Comme elle allait prendre le dessin, il se ravisa.

— Attendez ! Je dois le fixer, sinon il va s'effacer.

Tout en vaporisant le fixatif sur la feuille, il observait Marion. Il la trouva belle, avec du charme et du caractère.

— Puisque vous aimez l'art, revenez me voir, proposa-t-il. Nous parlerons.

— Oh ! s'exclama-t-elle. Ce n'est pas gentil. Vous vous moquez de moi.

— Détrompez-vous, je suis sérieux. Mon invitation est honnête. Je vous attends. Je m'appelle John, John Keepton.

— D'accord, John.

— Je loge au Grand Hôtel d'Albion.

Marion écarquilla les yeux. Le sang se retira de ses veines. Il semblait que son cœur fondait dans sa poitrine. Le Grand Hôtel d'Albion était le palace le plus réputé et le plus prestigieux de la ville. Les plus grands noms descendaient là. Elle s'en voulut d'avoir importuné ce jeune homme.

— Jamais je n'oserai, articula-t-elle, rouge de confusion.

Il eut une moue faussement fâchée, irrésistible.

— Même si je vous le demande ? dit-il.

— Je viendrai, souffla Marion.

Elle tourna les talons et partit précipitamment. La scène avait duré quelques minutes qui paraissaient un siècle. Elle en était tout étourdie. Une foule d'idées se bousculaient dans sa tête. Elle retirait de cette rencontre un sentiment d'irréel. Ce garçon, si différent de ceux qu'elle connaissait, lui plaisait. Elle ne semblait pas lui être indifférente puisqu'il voulait la revoir.

Elle ralentit le pas, croisa les bras sur la poitrine, essaya de reprendre ses esprits. Garde les pieds sur terre, ma fille. Ne te laisse pas emporter par ton imagination. Tu ne sais rien de cet inconnu. Ne te fais pas d'illusions. Il n'est pas pour toi.

En même temps, une petite voix intérieure disait le contraire. Il fallait essayer, tenter. Cet Anglais trop sympathique n'avait pas envie de profiter d'elle, de s'amuser à ses dépens. Elle pouvait avoir confiance.

Un vent frais, soufflant de la mer, agitait les feuillages. Son odeur puissante chassait celles des orangers et des citronniers. Plus loin, sur le chemin de sa maison, dominerait celle, plus entêtante, des eucalyptus, dont sa mère ramassait les feuilles pointues pour faire des inhalations.

Marion décida de parler de cette rencontre à sa patronne. Albertine Galliari, femme d'expérience, saurait la conseiller.

16

— Va, ma fille, avait conseillé madame Galliari. Tu ne sais pas où le chemin te conduira, mais emprunte-le. Si tu ne mets pas ce garçon dans ton lit, fais-en au moins un ami.

Ce langage avait le mérite d'être direct.

— Oh ! s'était effarouchée Marion.

— A ton âge, tu dois regarder la réalité en face. Si ce n'est qu'une aventure sans lendemain, tant pis ! Tu l'auras vécue et ça te fera des souvenirs.

D'abord désemparée par les arguments de sa patronne, Marion finit par en admettre le bien-fondé. Elle allait entrer dans la peau de Cendrillon. Elle verrait bien si John Keepton se conduisait en prince charmant.

— Tu as tout pour réussir, l'encourageait madame Galliari. Les belles filles comme toi ne courent pas les rues. Et tu n'es pas sotte. Ton Anglais a du goût. Tu n'as rien à craindre. C'est sans doute un gentleman. Je connais ce genre d'homme.

Marion appréhendait surtout d'entrer au Grand Hôtel d'Albion, dont le luxe l'écraserait. En franchissant le seuil, elle passerait une frontière séparant deux univers, celui des riches, des privilégiés, et celui des autres, le sien, au bas de l'échelle. Elle avait honte de ses pauvres vêtements, de son allure gauche, de sa façon de parler. Bien qu'elle eût réalisé des progrès considérables, elle restait la fille d'un saunier à moitié estropié et d'une femme de peine.

Elle imaginait la scène. Les employés de l'hôtel, guindés et méprisants, l'évinceraient ou la dirigeraient vers l'office, là où ses semblables s'échinaient au service de la clientèle huppée.

En fait, rien ne se déroula selon ses prévisions. John l'accueillit aimablement, la mit tout de suite à l'aise. Sa courtoisie, sa gentillesse, sa simplicité ne vinrent cependant pas à bout de l'inquiétude de Marion. Elle traversa la cour et le hall dans le sillage de John, en lévitation. Elle flottait dans un songe dont elle s'éveillerait bientôt. C'était elle qui marchait sur le parquet de marbre, les tapis d'Orient, et ce n'était pas elle. Elle ne s'était jamais trouvée dans un état pareil. Elle entendait sans le comprendre ce que disait John.

Il désigna, près de la baie donnant sur le parc, une table du bar où ils s'installèrent. Intimidée par l'immensité de la pièce, la somptuosité du décor, le climat feutré qui régnait, le ballet bien réglé des garçons, Marion s'assit sur le bout des fesses, dans une position inconfortable. John, conscient de sa gêne, redoubla d'attentions.

Les gens qui venaient ici admiraient la luxuriante végétation, le galbe des collines imprégnées de soleil, les parterres de fleurs entretenus par une armée de jardiniers. Elle, au contraire, éblouie, concentrait son attention sur la luxueuse décoration intérieure. Son regard allait des fauteuils de cuir à l'acajou des lambris, des cendriers de cristal aux cuivres luisants.

Peu à peu, Marion prit confiance. Elle se détendit. Elle osa parler. Elle parvint même à sourire. Son compagnon s'en réjouit. La gaieté lui allait bien. Des étincelles éclataient dans son regard. Les paillettes scintillant dans les yeux noirs de Marion évoquaient le ciel constellé d'une nuit d'été.

John parlait de son séjour, de son amour pour Hyères, de ses occupations de riche oisif, de ses parents restés à Londres.

— Les rejoindrez-vous bientôt ? demanda Marion, aussitôt effrayée de tant d'indiscrétion.

— A la fin du mois d'août. Mais je reviendrai aux derniers jours d'automne. Sans doute mes parents m'accompagneront-ils. Je ne sais pas encore. Ils adorent passer l'hiver au soleil. Chez moi, l'hiver succède à l'hiver sans qu'on constate une interruption du mauvais temps.

— Cette année, vous êtes resté tout l'été.

— C'est la première fois.

— Vous avez aimé ?

— Hum ! Il faut s'habituer. J'ai souffert de la grosse chaleur.

— Des coups de soleil ?

— Un jour, je suis rentré à l'hôtel transformé en écrevisse. J'étais tout rouge. J'ai la peau délicate. Depuis, j'ai appris à me protéger. Vous, vous ne craignez rien. Vous êtes une fille du Sud.

— J'aime le soleil et il m'aime.

— Quelle chance !

— Vous apprendrez à l'aimer. Après, vous ne pourrez plus vous en passer.

Il parut s'éloigner, méditatif.

— Oui, dit-il, il y a des choses comme ça.

Il se fit un long silence à travers lequel ils semblaient converser. De temps en temps, John la regardait et elle souriait. Le temps glissait sur eux avec la douceur soyeuse de l'eau, sans qu'ils en aient conscience. Ils étaient maintenant seuls dans la grande salle. Les garçons, désœuvrés, ne faisaient aucun bruit.

De nouveau, l'angoisse s'empara de Marion. Elle regarda autour d'elle. Elle n'était pas à sa place dans ce décor. Ce qui l'entourait la rejetait comme un corps étranger. Par le simple fait d'être entrée ici, elle volait des biens dont elle emporterait les images en partant. Voilà ce qu'elle dérobait, un cadre, un rêve, des souvenirs à cadenasser dans sa mémoire.

Elle se leva.

— Je dois partir, souffla-t-elle.

— Je vous raccompagne, dit-il en se levant à son tour.

— Ce n'est pas la peine.

— Etes-vous fâchée ?

Elle leva vers lui un visage désemparé.

— Oh non ! Au contraire, j'ai passé grâce à vous un moment merveilleux.

— Alors, dit-il, nous nous reverrons.

Une belle et chaude nuit estivale recouvrait Toulon d'un dais sombre et profond. Les fiacres, les tilburys, les cabriolets s'arrêtaient devant l'opéra illuminé. Des gens descendaient des véhicules que les cochers dégageaient au fur et à mesure pour laisser place aux nouveaux arrivants. Les hommes portaient le frac et le huit-reflets, les officiers de la Royale leur grand uniforme. Les femmes rivalisaient d'élégance, arborant des toilettes en corolle qui les faisaient ressembler à des fleurs. Un joyeux brouhaha régnait aux alentours de l'édifice. La foule des grands soirs se rassemblait et s'offrait en spectacle.

Les affiches annonçaient le récital de la nouvelle coqueluche du public. Elle ne se produirait dans la ville que deux soirées consécutives. Le nom de Dany Duval se détachait en lettres géantes. Pour la circonstance, elle avait modifié son répertoire ordinaire, choisissant des pièces plus classiques, appréciées des spectateurs, des morceaux de bravoure. Elle évoluait dans cette direction sur les conseils de son nouveau mentor. Figuraient au programme des airs très connus, accessibles au grand public, qu'elle interprétait sans forcer la voix pour ne point la casser.

Jean-Baptiste Devignol avait envoyé un énorme bouquet de fleurs à son ancienne maîtresse, des roses rouges symbolisant la passion. Il avait essayé de la voir pour la reconquérir. En vain. Dany refusait de le recevoir. Il ne comprenait pas pourquoi. Que lui reprochait-elle ? Il s'était toujours montré attentionné et généreux à son égard. Elle ne pouvait douter de la réalité de son amour, de sa sincérité. Il ne se résignait pas à la perte de son amante. Il lui avait écrit. Sans elle, il perdait le goût de vivre. La cruelle avait dû rire en lisant ces mots.

La mort dans l'âme, Jean-Baptiste, afin de la revoir, avait acheté des billets pour les deux représentations. Il l'écouterait chanter. A l'issue de la soirée, il se faufilerait parmi la foule des admirateurs, jusqu'à sa loge. En se produisant à Toulon, son ancienne maîtresse le narguait. Elle n'ignorait pas que l'événement le bouleverserait, qu'il se précipiterait aussitôt à son hôtel, et qu'elle ne le recevrait pas. Cette tournée signifiait qu'il ne comptait plus pour elle. Elle s'en était libérée.

Auparavant, à cause de Jean-Baptiste, obsédé par la peur du scandale, elle se tenait à l'écart de la cité varoise. Elle avait refusé plusieurs contrats alléchants. Or, ayant du succès à Marseille, elle était assurée d'en obtenir à Toulon. Pour une artiste de sa catégorie, renoncer à se produire représentait un sacrifice dont Jean-Baptiste, aveuglé d'égoïsme, ne mesurait pas l'importance.

Jean-Baptiste déambulait dans le grand hall de l'opéra comme une âme en peine. Sa femme ne l'accompagnait pas. Il avait fait en sorte qu'elle restât à Hyères. Quelques relations le saluèrent. Il évita de s'attarder, pour ne pas sombrer dans de futiles conversations de théâtre. On lui aurait vraisemblablement parlé de Dany Duval, la reine de la soirée. Il ne l'aurait pas supporté. Ni d'échanger des banalités, des potins, des plaisanteries dérisoires.

La sonnerie annonça le début de la représentation. Jean-Baptiste Devignol gagna sa loge, où il était seul. Il recula son fauteuil, s'assit légèrement en retrait, dans l'ombre. Il pouvait voir sans être vu.

Une salve d'applaudissements salua l'entrée en scène de Dany Duval. Jean-Baptiste braqua sur elle ses jumelles et ne la quitta plus des yeux.

Jean-Baptiste avait loué une chambre au Grand Hôtel. Retourner à Hyères après minuit, il n'y fallait pas songer. Il ne ferma pas l'œil de la nuit. Dany Duval logeait au même étage. La savoir si proche et inaccessible le torturait. Il remuait de funestes pensées. Il n'aurait pas dû assister à la représentation. Une exigence plus forte que la raison l'avait déterminé à y aller.

Ce soir, beaucoup de monde se pressait devant la loge de Dany. Il lui avait fallu jouer des coudes pour se frayer un passage. Quand il était enfin arrivé, elle avait disparu. De toute façon, il ne serait pas entré. Un grand malabar s'interposait à la porte de la loge et filtrait les visiteurs. Dany, supputant sa venue, avait donné des instructions pour l'empêcher de passer.

Jean-Baptiste se tournait et se retournait dans son lit sans trouver le sommeil. De temps en temps, il se levait, allait à la fenêtre. Il regardait la place déserte plantée d'arbres fantomatiques. De fulgurantes douleurs traversaient ses tempes. Le silence semblait bruire d'une vie souterraine. Le vide l'attirait. Il croyait entendre la voix de Dany qui, de loin, l'appelait. Elle chantait pour lui. Il retournait se coucher hébété, abattu, se roulait dans les draps, sanglotait comme un enfant.

Le train du matin le ramena à Hyères, le teint gris. Il n'était pas rasé. Lorsque sa femme le vit dans cet état, elle s'alarma.

— Que se passe-t-il, Jean-Baptiste ?

Sans répondre, il grimpa l'escalier et s'enferma dans son bureau.

— Ce garçon te plaît ? demanda Albertine Galliari, que les histoires d'amour passionnaient depuis toujours.

— Oui. Mais il n'est pas pour moi, soupira Marion.

— Qu'est-ce que tu en sais ?

— Je vois les choses. C'est tout.

Elle était miraculeusement entrée dans un univers qu'elle aurait dû continuer d'ignorer. Ce qu'elle avait vu dépassait tout ce qu'elle essayait d'imaginer. C'était infiniment plus grand, plus beau, plus fastueux que ce qu'elle avait découvert en livrant les fleurs de madame Devignol. Elle avait ouvert de grands yeux pour s'imprégner de tant de luxe. Une occasion pareille ne se présenterait plus. L'exaltation admirative le disputait au désespoir lucide. Trop de distance la séparait de ce paradis. En même temps, elle souffrait de son ambition frustrée. La barre était trop haute. Elle ne la franchirait jamais.

En confiant ses pensées à sa patronne, elle se résignait et se révoltait tour à tour. Le contraste l'accablait un moment. Puis son orgueil défiait de nouveau le destin. Elle se sentait de taille à vaincre les obstacles. Elle serait admise dans ce monde clos, non par effraction, ou par la grâce d'un jeune homme bien né se payant un caprice, mais par ses propres mérites.

Quand elle retombait sur terre, elle reconnaissait que cela n'était qu'illusion, un théâtre où elle jouait sans talent une pièce absurde.

— Pourquoi n'as-tu pas confiance en ce jeune homme ? dit Albertine, qui échafaudait déjà des projets mirifiques dans lesquels sa commise tenait le rôle d'une princesse aux pieds nus.

— Je le connais à peine.

— Tu vas le revoir.

— Peut-être.

— Il te l'a proposé ?

— Oui.

— Bon. C'est le principal. Cela prouve que tu l'intéresses. Laisse faire la nature. Elle sait mieux que toi ce qu'il te faut.

Pendant qu'elles discutaient, Marion continuait de travailler. Elle triait les fleurs. L'importance des pertes la surprenait. Malgré des soins incessants, elle en éliminait beaucoup.

En fait, cela dépendait des périodes. Si le commerce marchait, la boutique vendait le stock avant qu'elles ne se fanent. Tout en s'initiant à la profession, Marion en découvrait les difficultés. Comment madame Galliari s'arrangeait-elle pour éviter la faillite ? Elle marchait en équilibre sur un fil, toujours menacée d'une chute fatale.

Les journées de travail étaient longues. Dans la semaine, elle disposait de peu de loisir. Cela l'entravait. Elle ne pouvait répondre aux sollicitations de John Keepton, faute de disponibilité suffisante. Ce sujet ne pouvait être abordé avec sa patronne. Madame Galliari se montrait déjà très généreuse.

Soudain, la porte s'ouvrit. Marion pâlit et se mit à trembler. Le regard perspicace d'Albertine Galliari alla rapidement de Marion au jeune homme qui venait d'entrer, et de celui-ci à Marion. Elle esquissa un sourire entendu et s'approcha du client tandis que Marion restait pétrifiée dans son coin, incapable d'articuler une parole.

Le jeune homme commanda des fleurs. Marion était pâle comme une morte. Ses jambes se dérobaient. Elle s'appuya à la banque, prise de vertige. Si John achetait des fleurs, cela signifiait qu'il y avait une femme dans sa vie. Qu'avait-elle cru ? Elle avait bâti des châteaux en Espagne. Ils s'écroulaient sous leur propre poids. Dessous, il n'y avait que du vide.

Albertine Galliari tendit le bouquet terminé au jeune Anglais.

— Cela vous convient ?

— Il est parfait.

Il paya. Madame Galliari encaissa. Alors se produisit une scène irréelle, un de ces événements imprévisibles et surprenants qui défient toute logique. John Keepton, le bouquet à la main, s'approcha de Marion.

— Tenez, dit-il. Il est pour vous.

17

De trois jours, John Keepton ne quitta pas l'hôtel. Il trouvait sur place de quoi satisfaire ses besoins. Un service impeccable veillait à ses moindres désirs. En cette saison, il y avait moins de monde qu'en hiver. Personne ne l'importunait. Il se levait tard, déjeunait dans sa chambre, lisait superficiellement les gazettes, l'esprit ailleurs. Aucun ami ne se trouvait dans les parages. Se fût-il livré ? Eût-il osé déverser son cœur devant un étranger ?

Rien de moins sûr. Son éducation le portait à la réserve. Dans sa famille, on ne parlait pas de certaines choses, les plus intimes. La conversation se limitait aux échanges nécessaires, aux banalités. John n'avait jamais vu s'épancher ni son père ni sa mère. Cette froideur apparente donnait le ton, sans préjudice de l'affection.

John appliquait ces règles naturellement. Dans ce face-à-face avec lui-même, il n'attendait aucune aide, n'espérait aucun secours. Ses problèmes, il les résoudrait seul. Après, quelle que soit la solution, il assumerait. Les gens du Midi le surprenaient. Ils parlaient de leurs affaires avec une liberté qui eût paru choquante sous d'autres cieux. Il ne s'avisait pas que cette faconde dissimulait de la pudeur.

Chez les Keepton, on ne fuyait pas ses responsabilités. John, formé à cette attitude, à l'exemple de son père et de ses ancêtres, ne dérogerait pas, même à cette pointe extrême du Sud où les mœurs étaient si opposées, peut-être le fait du dieu soleil, dont les rayons fouillaient au plus profond du cœur. Une philosophie de la vie, nourrie de scepticisme bon enfant et de relativité pratique, s'imposait. De quoi désorienter l'homme du Nord, habitué aux brouillards mouillés de son île.

Les réactions des autochtones le stupéfiaient et le désorientaient. Même dans un milieu de grande bourgeoisie, comme chez les Devignol. Il ne savait comment se comporter. Il attachait de l'importance à des détails qui n'en avaient pas. Il passait à côté d'autres qui en avaient. Il craignait le contresens. Ils jouaient au même jeu en observant des règles différentes.

John avait brièvement revu Marion Figuières à deux reprises : en ville, où il veillait à ne pas la compromettre, et au bord de la mer, au cours de sa promenade favorite. Chaque fois, en sa présence, il éprouvait de singulières émotions. Il évitait d'y mettre un nom. Un trouble fait d'agrément, d'exaltation, de douleur et de crainte. Autant de manifestations inconnues qui se muaient en tristesse et en mélancolie dès que s'éloignait celle qui en était la cause.

Il se sentait irrésistiblement attiré par Marion, si différente des jeunes filles qu'il fréquentait, parmi lesquelles ses parents avaient certainement repéré celle qui lui conviendrait, une riche prétendante issue de la meilleure lignée, dotée des qualités requises d'une maîtresse de maison de sa condition.

Loin de Londres, dégagé de l'emprise familiale, le jeune homme ne voyait plus les choses sous le même angle.

La petite Provençale, sans doute mâtinée de sang maure, représentait un délectable fruit défendu. Il brûlait d'y agacer ses dents. Elle offrait le puissant attrait de l'exotisme, avec son teint mat, ses grands yeux ardents et sombres, ses longs cheveux noirs de cavale sauvage. Il avait senti sa vie changer le jour où elle lui était apparue, au bord de la mer, sortant de derrière les roseaux, nymphe primitive et superbe. Depuis, il y pensait sans cesse, tantôt avec ravissement, tantôt avec désespoir. Où cette histoire le conduirait-elle ? Il l'ignorait.

Quoique Marion et lui aient échangé peu de paroles, cela avait suffi pour tisser des liens plus forts que ceux de simple camaraderie. Ils avaient rôdé autour de l'essentiel, sans avoir le courage de l'aborder. Pour des raisons diamétralement opposées, ils évitaient les sujets délicats. Marion parce qu'elle souffrait cruellement de son indignité, de son infériorité sociale ; John, à cause de sa fortune, de son éducation, de la position de sa famille. Un fossé les séparait. Quelque solution qu'ils trouvent, ils ne le combleraient jamais. Cela entraînerait des catastrophes en chaîne, chez les Keepton comme chez les Figuières.

John, habitué à être obéi, s'impatientait de ne pouvoir voir Marion à sa convenance. Celle-ci accomplissait pourtant des prodiges. Mais d'une part, son travail l'occupait la majeure partie du temps, malgré la gentillesse et la compréhension de madame Galliari ; d'autre part, elle se devait à ses parents. Ils traversaient une période critique à cause de l'accident d'Eugène. L'état du saunier s'était stabilisé mais il n'était pas tiré d'affaire. Selon le diagnostic du docteur Ripert, il boiterait et resterait vulnérable.

Aux reproches de John, Marion répondait :

— Tu ne sais rien de ma vie. Tu n'as pas idée de ce que les gens supportent. Moi aussi, je voudrais te voir davantage. C'est mon désir le plus cher.

— Tu devrais aller moins souvent chez ta fleuriste.

— Ne sois pas injuste. Tu sais que c'est impossible. Je dois rapporter de l'argent à la maison. Sans ça, nous ne pourrions pas vivre.

Il allait rétorquer. Elle s'échinait pour gagner un salaire de misère, une somme qu'il dépensait dans la soirée, pour son plaisir. A la limite, il pourrait la lui donner. C'eût été l'humilier et sans doute la perdre. Il se retint de le lui proposer. Ils ne se conformaient pas à la même échelle de valeurs. Il s'efforçait de comprendre celle de Marion afin de ne pas la blesser. Ce qui semblait banal pour lui avait pour elle un caractère d'exception.

Pour sceller ce pacte tacite, il prit Marion dans ses

bras, déposa un baiser sur ses lèvres. Elle s'abandonna contre sa poitrine. Des larmes humectèrent les yeux de la jeune femme. Il s'alarma :

— Pourquoi pleures-tu ?

— Je suis heureuse.

Sidonie profitait de l'absence de Marion pour fouiller dans ses affaires, à la recherche d'un indice quelconque. Depuis plusieurs semaines, sa fille se comportait de façon bizarre. Elle fuyait la maison à la première occasion. Elle vaquait machinalement aux corvées ménagères, l'esprit ailleurs. Elle se mettait à chantonner. Elle éclatait de rire sans raison. D'autres fois, elle s'enfermait dans sa chambre. On l'entendait sangloter.

Sidonie avait peu à reprocher à sa fille. Marion l'aidait de son mieux. Elle s'occupait de son père, donnait presque tout son salaire. La place obtenue chez madame Galliari l'avait stabilisée. Elle jouissait d'un sort plus enviable que celui de ses amies. Beaucoup, déjà mariées, s'installaient dans une médiocrité conjugale altérant précocement leur fraîcheur. Des signes révélaient le processus inexorable qui transformait de jolies adolescentes en matrones alourdies de soucis et de graisse. La liberté allait bien à Marion. En lui épargnant ces travers, elle sauvegardait sa jeunesse et sa beauté.

De mauvaises langues s'étonnaient que Marion ne prît pas époux. Sidonie leur clouait le bec :

« Rien ne presse. Qu'elle profite de sa jeunesse. »

En vérité, Sidonie flairait anguille sous roche. Marion se comportait comme une femme amoureuse, mais aucune confidence ne franchissait ses lèvres. Si elle avait un secret, elle le gardait bien. Cela ne laissait pas d'inquiéter Sidonie, en proie à toutes les suppositions. Pour que Marion se tût ainsi sur ses sentiments, il fallait que l'élu posât des problèmes. De quelle nature ? Mystère. Quand Sidonie tentait de faire parler sa fille, de lui arracher de menus aveux de nature à la mettre sur la piste, elle se heurtait à un mur.

Pour en avoir le cœur net, elle s'enhardit à aller trouver madame Galliari. Elle savait peut-être quelque chose.

— Si je me suis décidée à venir vous voir, c'est parce que je suis très inquiète au sujet de Marion, dit-elle.

— Marion ? s'étonna madame Galliari. Je la trouve très bien.

— Jugez-vous son comportement normal ?

— Le plus normal du monde.

— Vous ne vous êtes donc aperçue de rien ? s'impatienta Sidonie.

— Ma foi, non.

— Ma fille est amoureuse.

— A la bonne heure ! C'est de son âge. Ah, combien je donnerais pour retourner au moment des amours ! soupira la fleuriste.

Sidonie se croyait fine mouche. Albertine l'était davantage. Chez l'une, le bon sens populaire tenait lieu d'intelligence. Chez l'autre, l'expérience se manifestait avec finesse. Décidée à ne pas trahir son employée, elle ne dirait rien.

Sidonie sortit comme elle était entrée. Elle n'avait rien appris. L'examen des affaires de Marion ne la renseigna pas davantage. Elle songea à la suivre discrètement, pour savoir à quoi s'en tenir.

A dix heures, un agent vint quérir le commissaire Emile Bouzargue. Celui-ci, plongé dans la lecture d'un énorme dossier, grogna :

— J'avais ordonné qu'on ne me dérange pas.

— C'est que... bredouilla l'agent de police, commissaire, c'est grave.

— Il n'y a que la mort qui soit grave.

— Justement. Il faudrait que vous veniez aux salins.

— C'est Jean-Baptiste qui t'envoie ?

— Non. Il est mort.

— Quoi ?

— On l'a retrouvé dans son bureau. Il s'est tiré une balle dans la tête.

— Que ne l'as-tu dit plus tôt ! Allez ! On y va.

Lorsque Jean-Baptiste Devignol était rentré à Hyères, après une nuit d'insomnie, il était physiquement et moralement épuisé. Il avait cherché refuge dans son bureau des salins, pour faire le point. Mais il n'était pas en mesure de raisonner. Il essaya de prendre connaissance des papiers posés sur son bureau. Les mots dansaient sous ses yeux enfiévrés.

Il ouvrit une enveloppe provenant de sa banque. Elle

contenait une lettre de son banquier qui refusait de consentir à un nouveau découvert et le sommait de rembourser ses dettes dans les meilleurs délais. Il souhaitait le rencontrer afin de régler cette affaire à l'amiable et pour éviter le scandale pendant qu'il était encore temps. Jean-Baptiste froissa le pli et le jeta rageusement dans la corbeille.

Il n'irait pas voir son banquier. Il n'avait rien à lui dire. Il était au bord du gouffre. Se procurer l'argent nécessaire pour le faire patienter s'avérait impossible. Il avait épuisé toutes ses ressources au cours des derniers mois écoulés. Le coup porté par Dany Duval l'avait achevé. Il n'avait plus la force de lutter. Il était acculé : la faillite, le désespoir, l'infamie se penchaient déjà sur son cercueil. Maintenant, peu lui importait.

Une détonation avait ébranlé le bâtiment administratif. La secrétaire s'était précipitée dans le bureau de Jean-Baptiste Devignol : le bruit venait de là. Le patron était effondré sur le bureau, la tête dans une flaque de sang. Elle ne toucha à rien, referma la porte et prévint la police.

Le commissaire Bouzargue observa le cadavre pendant que ses inspecteurs procédaient aux premières investigations.

— Il n'y a pas de fumée sans feu, philosopha-t-il, songeant aux rumeurs.

Il fouilla la corbeille à papier, trouva la lettre du banquier, la lut, hocha la tête. Depuis plusieurs mois, Jean-Baptiste était aux abois. Il s'était suicidé pour éviter le déshonneur, parce que c'était un lâche incapable de lutter.

Dans un vide-poche, des morceaux de papier attirèrent son attention. Des déchirures de photographie. Il reconstitua la photo comme il l'eût fait d'un puzzle. C'était un portrait de femme, une chanteuse dont les gazettes avaient parlé. Il la reconnut : Dany Duval. Pourquoi Jean-Baptiste Devignol était-il en possession de cette photo dédicacée ? Pourquoi, au moment de se donner la mort, l'avait-il déchirée ?

Le commissaire examina la dédicace avec attention, hocha de nouveau la tête : c'était une déclaration d'amour.

18

Une foule silencieuse accompagna Jean-Baptiste Devignol à sa dernière demeure. Sa veuve, en grand deuil, marchait en tête du cortège avec dignité, accompagnée de ses enfants qui se tenaient par la main. John Keepton, ami de la famille, se trouvait à quelques rangs derrière. Des couronnes portant des mentions élogieuses et d'énormes gerbes, nombre d'entre elles confectionnées par Albertine et Marion, publiaient qu'on enterrait une personnalité importante. Le maire et ses adjoints participaient à la cérémonie, et la plupart des notables.

Marion se signa au passage du corbillard.

Le commissaire Bouzargue avait bien fait son travail. Il avait été contraint de conclure au suicide, ce qu'avait confirmé le docteur Ripert avant de signer le permis d'inhumer. Il avait cependant évité de divulguer les mobiles du drame, en particulier la liaison du défunt avec la chanteuse Dany Duval, dont personne, y compris lui-même, ne se doutait. On supputait beaucoup de choses au sujet de Jean-Baptiste, excepté une histoire d'amour.

Quant aux problèmes financiers, qui avaient pesé lourd dans la décision du désespéré, ils finiraient bien par être révélés au grand jour. Le banquier se manifesterait pour que les héritiers règlent les dettes. Tout au plus pouvait-on en différer le moment, le temps que la famille s'habitue à la perte. Au mieux retarderait-on le scandale, sans l'étouffer.

Après l'enterrement, le commissaire s'était entretenu avec Roger Vigliante. L'inspecteur des douanes déplorait la perte de leur ami commun et se demandait avec anxiété ce qu'il allait advenir des salins.

— Croyez-vous sa femme capable de prendre les rênes ? demanda le commissaire.

— Elle n'a aucune expérience de la société et n'a jamais touché au sel.

— Elle peut apprendre.

— Je doute qu'elle le veuille et qu'elle ait les qualités requises.

— Alors ?

— Vous savez, elle n'a jamais aimé notre ville. D'ailleurs, elle ne s'en cachait pas. Si elle ne s'est pas acclimatée à la vie hyéroise, c'est qu'elle n'a fait aucun effort pour y parvenir. Je crois qu'elle retournera dès que possible chez ses parents, à Aix-en-Provence.

— Que vont devenir les ouvriers employés aux salins ?

L'inspecteur Vigliante leva les yeux au ciel.

— Je l'ignore, commissaire. Tout ce que je peux

dire, c'est que la société est viable. La dernière récolte de sel est excellente. N'en doutez pas, les salins seront rachetés.

— Quand ? Tout le problème est là. En attendant, de pauvres bougres n'auront plus de boulot.

— Madame Devignol va s'en débarrasser le plus tôt possible. Elle vendra, même à perte. Nous ne la verrons plus.

— Hum ! fit le commissaire. Nous ne l'avons jamais beaucoup vue.

Marion attendait John au bord de la mer, à l'endroit où ils avaient pris l'habitude de se rencontrer, peu après l'embouchure du Gapeau. Il aurait dû être là. Elle effeuillait une branche pour tromper son impatience. La mer était d'un bleu intense et les îles se découpaient à l'horizon avec une netteté surprenante. On aurait dit que trois fées, dans des temps très anciens, s'étaient allongées là, dans la mer, face au soleil, et, s'y trouvant fort bien, étaient restées. Pas un souffle d'air ne venait du large. Des vaguelettes se traînaient paresseusement pour venir mourir sur le sable.

Marion jeta la branche dans l'eau, fit quelques pas en direction de la route en espérant apercevoir la silhouette de John. Elle essayait de s'expliquer ce retard, et des hypothèses farfelues commençaient à troubler son esprit. Quoique John multipliât les signes d'intérêt à son égard, leur situation était si extraordinaire, si incroyable, qu'elle doutait toujours qu'elle pût continuer.

Elle retourna à l'endroit qu'elle venait de quitter et s'assit sur le sol. Les roseaux et les pins formaient un rideau protecteur vibrant du chant des cigales. Il eût fallu venir exprès pour trouver ce lieu ou tomber sur lui par hasard. Or, en cette saison, les promeneurs étaient peu nombreux. Quant aux paysans et aux ouvriers, ils avaient autre chose à faire que de baguenauder sous le cagnard, dont les brûlures étaient maintenant moins vives.

Il était encore tôt. Madame Galliari, qui se passionnait pour son histoire d'amour, lui avait accordé de partir avant l'heure. Elle n'était guère scrupuleuse sur l'assiduité. Il suffisait, pour la satisfaire, que le travail soit fait. Or Marion ne ménageait pas sa peine.

— Tu as un long chemin à parcourir, petite. Ne fais pas attendre ton amoureux.

— Oh merci, merci !

— Inutile de me remercier. Tu me raconteras.

Madame Galliari assistait aux aventures sentimentales de sa commise avec l'excitation que procure, chez les âmes naïves, la lecture d'un roman à l'eau de rose. Elle espérait chaque jour la suite, le nouvel épisode. Elle accompagnait de ses commentaires et de ses conseils le récit de Marion. Elle revivait l'amour par personne interposée.

Cette femme est la bonté même, se disait Marion. Elle se félicitait d'avoir trouvé cette place. D'autant que le métier de fleuriste lui plaisait et qu'elle progressait rapidement dans son apprentissage. « Si les choses tournent pour toi comme j'espère qu'elles tourneront, peut-être n'auras-tu bientôt plus besoin de moi », avait dit madame Galliari avec une nuance de tristesse. Marion n'avait pas clairement compris le sens de ces paroles, à moins que, pour ne pas provoquer le mauvais sort, elle refusât de comprendre.

Soudain, un bruit de pas la tira de sa méditation. Enfin, John était là ! Elle se retourna. Le sourire se figea sur ses lèvres. La panique s'empara d'elle. Au lieu de John, elle se trouva face à face avec Luigi Vulcani.

— Que me voulez-vous ? articula-t-elle péniblement.

Le contremaître perçut son désarroi avec jubilation. Cette fois, elle était seule, dans un endroit écarté où personne ne viendrait à son secours. C'était le moment d'en profiter. Il attendait cette occasion depuis si longtemps ! Il prolongea volontairement le plaisir de la voir se débattre, impuissante, sous son regard attisé de désir.

— Je ne te veux que du bien, que du plaisir, dit-il en la saisissant par le bras.

Marion essaya vainement de se dégager. Ses efforts provoquèrent le rire de Luigi. Il tenait bon.

— Lâchez-moi ! cria-t-elle. Brute ! Vous me faites mal…

— Tout à l'heure, je te ferai du bien.

Il tenta de l'enlacer. Elle se défendit.

— Vous êtes un monstre !

— Il ne tient qu'à toi de m'apprivoiser.

— Je vous hais !

— Moi, je t'aime.

Elle hurla de toute la force de ses poumons quand elle sentit la bouche de Luigi se poser voracement sur son cou.

A cet instant précis, un ordre s'éleva :

— Lâchez-la !

Marion reconnut la voix de John. Luigi, abandonnant sa proie, se retourna vivement. Son masque devint dur, ses yeux flamboyèrent.

— Fous le camp ! gronda-t-il. Te mêle pas de ça. C'est pas tes oignons.

Impassible, John Keepton répondit :

— Au contraire, je vais m'en mêler. Vous, vous allez déguerpir.

— Attention ! cria Marion.

Luigi se jeta sur John, qui l'évita.

— Je vais te crever, cracha le Sicilien, les yeux injectés de sang.

Il serra les poings, décidé à cogner. Il offrait le spectacle d'une brute aveuglée par la colère. L'Anglais, il n'en ferait qu'une bouchée. Fatale idée que ce jeune homme avait eue là de se mettre en travers de sa route ! Il allait le payer. On ne se mêle pas de contrarier les hommes quand on ne fait pas le poids. C'était peut-être un gentleman, mais cette qualité ne lui serait d'aucun secours contre un bagarreur de la trempe de Luigi.

John, bien campé sur ses jambes, s'était mis en garde et attendait l'assaut avec une indifférence ennuyée.

Luigi se rua de nouveau sur lui, il l'esquiva en souplesse, le cueillit d'un crochet du droit au visage et reprit sa place, sautillant sur ses jambes comme un danseur. Le Sicilien, ébranlé, reprit rapidement ses esprits, repartit à l'assaut avec la puissance bornée d'un bison. Il allait écraser ce moucheron. Avant qu'il l'ait touché, une grêle de coups s'abattit sur lui. Il ne comprenait pas ce qui se passait. Luigi avait appris à se battre dans la rue, comme un palefrenier, en misant sur sa force, tandis que son adversaire, bien entraîné, pratiquait la boxe, dont il connaissait tous les coups.

Comme Luigi, changeant de tactique, écartait les bras pour le ceinturer, ce qui, espérait-il, lui donnerait l'avantage, John, exploitant l'ouverture, le frappa violemment au foie puis, d'un formidable uppercut, au menton.

Le contremaître vacilla sur ses jambes et s'abattit sur le sol comme une masse.

Marion avait assisté au combat, affolée, les mains croisées sur la bouche, ressentant chaque coup comme si elle en était la cible. Elle avait eu peur que son John ait le dessous et que le Sicilien le batte à mort. Le contraire venait de se produire. Luigi gisait K.-O. sur le sol. Elle n'en croyait pas ses yeux.

John la prit doucement par la main.

— Viens. Maintenant, c'est fini. Tu n'as plus rien à craindre. Partons.

Elle se blottit contre sa poitrine et fondit en sanglots.

— Voilà un homme ! conclut avec admiration Albertine Galliari lorsque Marion eut terminé le récit du combat. Un vrai chevalier servant. Tu as de la chance, ma fille, il y en a peu qui seraient prêts à risquer leur peau pour les beaux yeux d'une fille. Ton John, sous son allure fragile, est de l'étoffe des héros. Il est mince, mais souple et incassable comme la lame d'une épée.

Elle s'exaltait.

— Ah ! J'aurais voulu être là pour voir ça. Cette canaille de Luigi n'a eu que ce qu'il méritait !

— Il va se venger, s'inquiéta Marion.

— Il sait maintenant à qui il a affaire, la rassura madame Galliari. D'autant que ton John n'est pas n'importe qui. Il a le bras long. Luigi y regardera à deux fois avant de le provoquer de nouveau. Ils n'appartiennent pas au même monde. Rien de comparable aux rixes du Tourlourou. Tu peux me croire.

— John ne sera pas toujours là. Bientôt, son séjour s'achèvera. Il rentrera à Londres.

— Il t'en a parlé ?

— Oui. Il a promis de revenir dès que possible et qu'il ne me laisserait pas sans nouvelles.

— La séparation, c'est un test.

— Il m'a fait rêver. Je ne sais pas si je supporterai son absence.

— La vie est souvent cruelle ! soupira madame Galliari. N'empêche, moi, j'ai confiance en ton Anglais.

— J'ai peur.

— Puisqu'il t'a dit qu'il reviendrait, pourquoi ne pas le croire ? A-t-il déjà manqué à sa parole ? T'a-t-il trompée ?

— Non.

— Alors, tu lui fais un mauvais procès. L'amour se nourrit de confiance. Tu ne tarderas pas à savoir s'il tient ou non à toi. Quand il sera parti, s'il t'écrit, comme je le pense, tu devras attendre son retour, te préparer à le recevoir dignement.

— Dans le cas contraire ?

— Ne l'envisage pas.

— J'y pense sans cesse. Que deviendrai-je ?

Albertine Galliari s'immobilisa, leva la tête, regarda Marion droit dans les yeux.

— Il n'existe pas trente-six solutions. Tu devras l'oublier, ma fille.

Marion devint livide. Une épine de rose lui entra dans le pouce. Une perle de sang se forma à l'endroit de la piqûre.

Marion rentra chez elle, en proie à de mornes pensées. Dans quelques jours, John quitterait Hyères. Elle ne pourrait pas l'accompagner à la gare, à cause de son travail. Elle ne verrait pas le train s'éloigner ni John agiter son mouchoir à la fenêtre du compartiment. Elle ne verrait pas non plus les rails déserts s'enfonçant dans l'inconnu, avec cette cruauté du métal luisant sous le soleil.

John resterait à Londres plusieurs mois. Il devait

s'occuper de sa situation, régler des affaires avec ses parents, envisager son avenir. Marion n'avait pas osé demander si dans cet avenir il y avait une place pour elle.

En arrivant au hameau, elle croisa le docteur Ripert, qui venait d'examiner Eugène.

— Comment va-t-il ? demanda-t-elle.

— Beaucoup mieux. Je suis content de lui.

— Est-ce qu'il remarchera ?

— Il est tiré d'affaire. C'est un homme costaud.

— Vous ne répondez pas à ma question.

— Pour marcher, il marchera. Mais je ne peux garantir que ce sera sans boiter.

19

John partit au début de 1912. Durant son absence, Marion Figuières s'occupa beaucoup de son père. Elle s'absorba dans le travail. Elle surmontait sa tristesse avec courage. Le départ de John représentait une épreuve qui devait orienter sa vie. Albertine Galliari et Nanou l'aidaient, chacune à sa manière. La ville glissait dans un temps immuable. Rien ne changeait. Pourtant, tout était différent. La monotonie de la vie n'est pas sensible à ceux qu'elle emporte à son rythme, ceux qui ne luttent pas contre le courant. Pour prendre conscience de la réalité, il fallait être capable de sortir du flot, de se tenir à distance, sur la berge.

Marion avait compris cela très tôt. Aussi ne pouvait-elle plus juger des choses conformément à l'opinion de ses compatriotes, avec lesquels elle se sentait de moins en moins en accord. Ils ne se privaient pas de la critiquer. Ils ne comprenaient rien à cette fille émancipée, au caractère volontaire et indépendant, aux conceptions très en avance sur son temps. Elle ne suivait pas le chemin tracé que ses semblables empruntaient sans révolte.

Ses parents eux-mêmes n'étaient pas bien vus de leurs voisins à cause d'elle. On affirmait que tout cela était leur faute. Ils manquaient de fermeté. Ils n'avaient pas su élever correctement leur fille. Voilà ce qui arrivait lorsqu'on laissait la bride sur le cou aux enfants.

« Laisse-les dire, ma fille, conseillait Albertine Galliari. Ce sont des envieux et des jaloux. Ils se contentent de parler, de lâcher leur venin. »

Nanou disait :

« Tu es la plus forte. Un jour, tu feras taire les médisants. Tu réussiras. Ils te baiseront les pieds. »

Nanou avait plusieurs fois croisé Luigi Vulcani, qui proférait des menaces.

« Je m'en vais, avait-il lancé. Toi, je ne vais pas t'oublier ! »

Madame Devignol, comme le pressentait l'inspecteur Vigliante, avait vendu les salins au premier acquéreur qui s'était présenté, un homme d'affaires qui en possédait déjà, en pleine activité, sur la côte languedocienne.

Vigliante avait d'abord cru que ce monsieur, Victor Cambusac, voulait augmenter par cet achat sa production de sel. Puis qu'il avait acheté non pour développer les salins, mais pour en empêcher l'exploitation par un concurrent. Enfin, il avait compris ce qu'avait dans la tête le nouveau venu quand celui-ci avait abattu ses cartes : diminution du personnel, réduction du nombre des tables salantes, prise de dispositions pour assécher une partie des marais en vue de les vendre par lots et de réaliser ainsi une opération immobilière juteuse. Cela n'affectait pas encore une large superficie, mais il fallait y reconnaître le symptôme d'une évolution inquiétante.

Roger Vigliante se prit à regretter le bon Jean-Baptiste Devignol et offrit une prière à sa mémoire en vidant un verre d'absinthe.

Ce Victor Cambusac, d'où sortait-il ? C'était un homme à poigne, autoritaire, qui savait ce qu'il voulait. L'opposé de son prédécesseur. Il avait amené dans ses bagages une partie de son personnel, l'avait placé aux commandes. Il n'avait pas besoin de Luigi Vulcani, qu'il trouvait antipathique. Le courant ne passait pas entre les deux hommes. Victor Cambusac n'avait pas renouvelé le contrat du Sicilien.

Celui-ci perdait tout. A cause de sa mauvaise réputation, impossible de retrouver un emploi sur place. Le climat de Hyères s'avérait malsain pour lui. Il avait fait ses valises, pris le train pour Toulon.

— Bon débarras ! s'était exclamée Albertine en apprenant la nouvelle.

— J'espère qu'il ne reviendra pas, dit Marion, soulagée.

— Tu n'as plus rien à craindre. Il a son compte.

John lui écrivait de longues lettres qu'elle avait quelquefois de la peine à déchiffrer. Elles parlaient d'amour, certes, mais aussi de sa vie à Londres, de ses parents, auxquels il hésitait encore à parler de ses sentiments pour Marion, de ses projets, de sa hâte de la revoir. Les mêmes phrases revenaient sans que Marion se lassât de les lire.

« Du moment qu'il t'écrit, il tient à toi. C'est de bon augure, disait Albertine Galliari. Je l'ai vu tout de suite, ce garçon est sincère. Tu peux me croire : je m'y connais en hommes. »

Marion se demandait où et comment sa patronne avait acquis l'expérience dont elle se vantait. L'important n'était-il pas d'en profiter ?

Elle avait appris avec joie le départ du Sicilien. Elle aurait voulu en parler avec Nanou mais, depuis quelques jours, elle ne la voyait plus. Elle avait demandé en vain de ses nouvelles. L'inquiétude commençait à la gagner. Serait-elle partie avec ce vaurien de Vulcani ? Impossible d'imaginer un tel revirement.

De fait, la police, alertée par les voisins quelques jours plus tard, découvrit le cadavre de Nanou dans son petit appartement de la vieille ville. Son corps portait des traces de coups. Son crâne avait été fracassé.

La douleur de Marion fut grande. D'autant qu'elle ne pouvait confier à personne son amitié pour la prostituée. Elle n'eut pas le courage de l'accompagner à sa dernière demeure. Elle se referma sur elle-même, nouée sur son chagrin.

Un matin, alors que Marion pressait le pas pour arriver à l'heure à la boutique, elle s'entendit héler :

— Marion ! Marion !

Un jeune homme, en uniforme d'infanterie de marine, lui souriait, de l'autre côté de la rue. D'abord, elle ne le reconnut pas. Puis tout se mit en ordre dans sa mémoire.

— Vincent ! s'écria-t-elle. Que fais-tu là ?

— Je suis en permission.

Ils ne s'étaient pas revus depuis que Vincent s'était engagé. Elle n'avait jamais demandé de ses nouvelles à son père. Barnabé Capelli se taisait sur les aventures de son rejeton. Il n'approuvait pas son départ. Il en avait souffert. Il préférait ne pas aborder le sujet. Son fils aîné l'avait déçu, il reportait son affection sur le cadet, qui l'aidait désormais à la pêche et semblait avoir la vocation.

— Tu restes quelques jours ? s'enquit Marion.

— Non. Je rejoins mon régiment demain.

— Je n'ai guère le temps de parler, s'impatienta Marion, que cette rencontre indisposait. Ma patronne m'attend.

— Dommage. Que fais-tu ?

— Fleuriste.

Il hocha la tête.

— C'est un beau métier. Je te souhaite bonne chance.

— Et toi, prends garde à toi.

Si Vincent Capelli risquait sa vie hors des frontières, c'était à cause d'elle. Il était devenu soldat pour l'oublier. Elle aurait pu l'interroger, manifester de l'intérêt. Au lieu de cela, elle ne songeait qu'à abréger cette rencontre malencontreuse parce qu'elle lui rappelait sa responsabilité dans la décision de son ami d'enfance. Eux qui avaient partagé tant de choses s'observaient maintenant comme des étrangers.

Pourtant, si, dans un combat, une balle blessait ou tuait Vincent, ce serait comme si elle en avait elle-même fondu le plomb.

Dans les brumes de Londres, John Keepton expérimentait qu'il était aussi difficile de s'orienter dans les rues de la ville que sur les chemins de la vie. Animé par son amour pour Marion, il croyait naïvement qu'il saurait trouver l'occasion et les mots pour en parler à ses parents sans qu'ils hurlent au scandale. Une fois sur place, l'entreprise se révéla autrement hasardeuse. Il repoussait chaque jour l'échéance et, chaque jour, il s'enfonçait davantage dans la réalité londonienne.

Il travaillait au cabinet de son père. Richard Keepton l'initiait avec une compétence rigoureuse aux arcanes du métier de financier, jugeant de ses progrès sans tendresse inutile. S'affronter aux affaires excluait inexorablement tout signe de faiblesse. Les sentiments appartenaient au domaine privé.

A la mort de sa grand-mère Mary, qui l'adorait, John avait reçu en héritage une forte somme d'argent, placée en pièces et lingots d'or, bijoux et liquidités.

« Occupe-toi de la gérer, avait dit Richard d'un air grave. L'argent se perd plus vite qu'il ne se gagne. Or, celui-ci, tu ne l'as même pas gagné. Il te tombe du ciel, grâce à l'amour de mammy. Sois-en digne.

— J'y veillerai, père.

— Hum ! As-tu des projets ?

— Je préfère n'en pas parler encore.

— A ta guise. Si tu as besoin de conseils, je serai toujours là. »

Des projets, John en avait à revendre. Ils encombraient son esprit. Les grandes lignes étaient encore confuses mais, peu à peu, il y voyait plus clair. Il réfléchissait beaucoup, prenait l'avis de relations compétentes dont il appréciait la discrétion. L'esquisse devenait plan.

Il préparerait avec habileté ses parents, en particulier son père. Meryl Keepton serait moins coriace à convaincre que Richard, bloc inentamable de certitudes. L'idée que son fils puisse ambitionner de faire autre chose que de lui succéder ne l'effleurait même pas, tant elle était incongrue. En cela, il suivait la tradition familiale. Il respectait les usages des Keepton, dont il n'avait qu'à se féliciter. Il n'imaginait pas existence plus agréable que la sienne et classait au rang des envieux ou des ratés quiconque n'en jouissait pas.

John poursuivait trois objectifs : épouser Marion, s'installer à Hyères, exploiter l'essor touristique en construisant un hôtel destiné à la clientèle étrangère. Non un palace, à l'exemple du Grand Hôtel d'Albion où il séjournait d'ordinaire – quoique riche, il n'avait pas les moyens d'un tel investissement –, mais un petit établissement de charme, confortable et coquet. Entre les grands hôtels et les modestes auberges, il y avait place pour une hôtellerie de classe moyenne. Il avait déjà choisi le nom. Ce serait l'hôtel Long Beach.

L'avenir des Figuières se dégageait. Eugène se rétablissait de son accident. Il récupérait des forces. Son humeur s'améliorait. Il ne voyait plus l'avenir en noir. Le docteur Ripert vantait sa volonté et se félicitait de ses progrès.

— Ah ! dit-il à Sidonie, c'est spectaculaire, miraculeux. Je peux l'avouer maintenant, la première fois que je l'ai examiné, j'étais très inquiet.

— Je ne croyais pas qu'il s'en remettrait.

— Vous avez un homme solide.

Sidonie et Marion s'émerveillaient de voir sautiller Eugène sur ses béquilles. Lui, dont le moral changeait comme le temps, n'en maugréait pas moins. Il ne supportait pas de se sentir diminué. Par moments, le pessimisme reprenait le dessus.

— Ma vie est foutue, se lamentait-il.

— Mais enfin, tu remarches, rétorquait sa femme.

— Pour ce que ça me sert ! lançait-il, de mauvaise foi.

— Ne te plains pas, Eugène, ça pourrait être pire. J'ai bien cru qu'on te mettrait entre quatre planches.

— Cela aurait mieux valu.

— Ne dis pas de bêtises. Tu offenses le Seigneur miséricordieux qui t'a sauvé la vie.

Eugène aurait voulu tout effacer d'un revers de

main, gambader comme auparavant, retourner aux salins.

Ses amis Alban, Marius et Auguste, n'ayant pas été licenciés par le nouveau patron, le tenaient régulièrement au courant de la situation.

— Bah ! Il n'y a plus de place pour moi, là-bas. Ils vont pas s'embarrasser d'un éclopé par ces temps de vaches maigres...

— Tu trouveras un autre boulot.

— Qui voudrait de moi ?

— Tu pourrais aider Capelli.

— Je ne veux pas. Il le ferait par charité.

— Où est le mal ?

Eugène n'en démordait pas et ses amis prévoyaient qu'une fois guéri il serait difficile à caser. C'était une tête de mule.

Marion, dès qu'elle le pouvait, fuyait l'atmosphère accablante de la maison. Ses parents ignoraient tout de sa liaison avec John. Ils n'auraient pas vu cela d'un bon œil. Marion rentrait de plus en plus tard du travail pour éviter de les affronter. Albertine Galliari tentait en vain de modérer son zèle.

— A ce train-là, tu vas t'épuiser, ma fille. Moi, j'ai besoin de toi.

— Ne suis-je pas là ? Rassurez-vous, madame, je suis plus costaude que je ne le parais. Et puis, ce travail me plaît.

Albertine convenait que son apprentie était rapidement devenue une excellente fleuriste, capable de prendre des initiatives et de régler correctement les problèmes de la boutique. Elle aurait pu sans dommage se retirer et lui confier la gérance. Mais elle s'estimait encore trop jeune pour la retraite. La vraie raison était cependant l'amour du métier. Que serait sa vie sans les fleurs ?

Elle connaissait maintenant assez bien Marion pour comprendre qu'elle trouvait dans le travail un exutoire à la tristesse causée par l'absence de John et l'angoisse qu'il ne tiendrait pas sa promesse de revenir à Hyères. Les lettres qu'il envoyait démentaient pourtant cette impression. Dans la dernière, il demandait à Marion de prospecter afin de trouver des terrains à la vente où il serait possible de construire. Il avait des projets. Il ne révélait pas lesquels ni s'il y aurait une place pour elle.

Marion, quoique novice dans ce domaine, se mit aussitôt en campagne, avec l'aide de madame Galliari. Elle préféra n'en pas parler à ses parents. Ils ne comprendraient pas. Ils ignoraient son idylle avec le jeune Anglais. Ils se feraient des idées fausses, la gêneraient dans ses recherches.

La tâche confiée par John maintenait leurs liens et même les resserrait, malgré la distance qui les séparait. Il ne l'oubliait pas. Mieux : en lui manifestant sa confiance, il lui insufflait de l'assurance. Elle croyait davantage en ses capacités. Elle se sentait devenir une autre femme.

20

John Keepton revint à Hyères au mois d'octobre 1912, accompagné de sa mère. Ils résidèrent évidemment au Grand Hôtel d'Albion, où ils avaient leurs habitudes. A l'annonce de leur arrivée, Marion fut transportée de joie et pétrifiée d'angoisse. Comment lady Keepton l'accueillerait-elle ? Qu'est-ce que John lui avait dit au sujet de leur liaison ? Dans ses lettres, il demeurait assez vague.

Marion allait au-devant d'une épreuve redoutable dont dépendait son avenir. Albertine Galliari la rassura. Elle conseilla de jouer la carte de la sincérité et de l'authenticité : ne rien déguiser, ne pas essayer de paraître ce qu'on n'est pas.

— Ne cherche pas à te contrefaire, ma fille, ça ne marcherait pas. Reste toi-même, sans honte, comme le Seigneur t'a voulue.

— J'ai atrocement peur. La mère de John est une grande dame.

— Si c'est une grande dame, elle comprendra. Si

John t'aime vraiment, il t'acceptera comme tu es. Il saura convaincre ses parents.

— En aura-t-il la force ? Sa situation est plus délicate que la mienne. Ma famille ne pose pas de problèmes. Elle ne se rend pas compte de ce qui m'arrive.

— Les as-tu mis au courant ?

— Non ! Ils gâcheraient tout...

Marion avait délibérément laissé Sidonie et Eugène en dehors de cette aventure. Elle ignorait sur quoi elle déboucherait. Ils constituaient une entrave à sa progression. Malgré l'amour qu'elle leur portait, elle savait qu'ils ne s'adapteraient pas. Ils ne chercheraient même pas à le faire. Pire, ils regarderaient son union avec John comme une trahison. Son père surtout perdrait la face devant ses amis les plus proches, Alban, Marius et Auguste, plus marqués politiquement. Eux menaient la lutte contre les affameurs, les aristos. Comment accepteraient-ils qu'elle change de camp ? Qu'Eugène et Sidonie tolèrent que leur propre fille renie ses origines était hors de question.

Cependant, si John la présentait à sa mère, comme il en avait l'intention, Marion serait obligée de mettre ses parents au courant, de leur révéler le secret dissimulé depuis des mois alors que deux étrangères, Albertine Galliari et Nanou, s'étaient trouvées dans la confidence. Elle réfléchissait, retournait le problème dans tous les sens. La même conclusion s'imposait. Son union avec John entraînerait la rupture avec ses parents.

Marion gardait dans son aumônière la pièce d'or trouvée dans le portefeuille du grand-père Joseph. Elle la regardait souvent, avec l'impression qu'elle exerçait une influence bénéfique sur sa vie. Depuis qu'elle la possédait, le cours de son destin avait changé. Elle se disait, avec superstition, que le petit crucifix incrusté de sel l'avait accompagnée et aidée jusqu'à sa rencontre avec John. La pièce avait pris le relais. Elle avait plus de poids, plus de pouvoir. Le crucifix ne servait plus à rien. Il avait épuisé sa force. Peut-être Joseph veillait-il sur elle et l'avait-il guidée de là-haut.

John était venu chercher Marion chez la fleuriste. Avec tact, il avait attendu d'être hors de la ville pour l'embrasser. Marion avait répondu à son baiser avec fougue. Elle l'espérait depuis si longtemps ! A présent, elle était rassurée. Rien n'avait changé. Elle retrouvait John comme elle l'avait quitté.

— Tu vas connaître ma mère, promit-il.

— Quand ?

— Il faut d'abord qu'elle s'installe. Je ne veux rien brusquer.

— Je m'en remets à toi.

Après un silence, Marion s'enhardit :

— Que lui as-tu dit de moi ?

— Tout le mal que j'en pense, s'amusa-t-il.

Elle le martela doucement de ses poings.

— Tu es un monstre !

— J'ai préparé mes parents. L'entreprise n'a pas été facile.

— Comment ont-ils réagi ?

— Très mal, au début. Après, quand ils ont compris ma détermination, ils se sont fait une raison.

— Ce n'est guère encourageant, observa Marion, soulagée et déçue.

— La nouvelle les a bousculés. Ils ne se doutaient de rien. Ils me croyaient en villégiature, en train de me reposer, de faire du sport, de flirter avec des clientes de l'hôtel. Quand la vérité leur est tombée dessus, ils ont accusé le coup.

— J'appréhende encore plus d'affronter ta mère.

— Elle a des principes, certes, mais c'est une femme aimable. Et puis, ne serai-je pas près de toi ?

Il ajouta, un peu gêné :

— De ton côté, as-tu parlé à tes parents ?

— Non.

— Pourquoi ?

— J'ai décidé de ne pas le faire.

John est mon unique bouée, pensait Marion, mon sauveur, mon amour. Je lui devrai tout. Elle percevait alors ses contradictions. Elle qui avait lutté contre ses propres parents afin de gagner sa liberté et son indépendance, qui avait bravé l'opinion, elle était prête à se plier à ce qu'elle avait toujours repoussé, pour plaire à John. Elle se soumettrait à la volonté d'un homme. Cela la révoltait. En même temps, elle savait cette révolte vaine.

Lady Meryl Keepton prenait le soleil sur la terrasse, un plaid sur les genoux, un châle aux épaules. Elle appréciait le dépaysement. Le voyage avait été pénible mais, au bout, la récompense l'attendait sous forme d'un panorama de collines plantées de chênes et de pins, de plantes odorantes, d'un ciel sans limite dont l'azur le disputait au bleu intense de la mer.

Elle était à l'hôtel depuis deux jours. Il lui semblait pourtant avoir quitté Londres depuis longtemps. Pendant le trajet, au fur et à mesure qu'elle descendait vers le Sud, elle se délestait de choses inutiles, si bien qu'en arrivant au bord de la Méditerranée elle se sentait différente.

John avait beaucoup insisté pour qu'elle vienne. Meryl résistait difficilement aux caprices de son fils. Elle finissait toujours par céder. Elle l'adorait. Une raison majeure expliquait cette inclination. Une véritable passion l'avait unie à Richard Keepton. Quand une amie le lui avait présenté, elle avait immédiatement compris qu'il était l'homme de sa vie.

De son côté, Richard était tombé sous le charme, transporté par cette blonde élancée, aux yeux d'un bleu changeant, qui montait à cheval comme une Amazone. Intrépide et secrète, réservée et pleine de fantaisie, elle le surprenait toujours. Meryl incarnait plusieurs femmes tout en restant unique.

Ils avaient vécu des années de grand bonheur. Ils étaient liés par la complicité. Chacun comprenait l'autre avant qu'il ait parlé. John avait été conçu pendant leur voyage de noces, à Venise. L'enfant de l'amour, comme Meryl se plaisait à le dire. Elle ne pouvait pas le regarder sans se remémorer un passé dont il était le gage vivant.

Richard et Meryl s'aimaient toujours, certes. Elle avait été fidèle à son mari. Mais Richard, pris par ses affaires, n'avait plus guère le temps de s'occuper d'elle. Leur couple s'enfonçait dans une routine compensée par la tendresse. Ils n'échappaient pas à la règle. La passion initiale s'était peu à peu dégradée en affection.

Lady Keepton soupira.

Pourquoi se plaindre, puisque Richard et elle suivaient le lot commun ? Deux vers d'une poétesse française lui vinrent en mémoire, deux vers dont l'étrange résignation exprimait la philosophie de toute femme vieillissante :

Plus ne suis ce que j'ai été
Et plus ne saurai jamais l'être

Elle fit un signe discret au garçon. Il apporta aussitôt une autre tasse de thé. Lady Keepton grimaça. Il n'était jamais aussi bon que celui qu'elle buvait à Londres. Ces Français étaient incorrigibles. Ils n'apprendraient jamais à servir correctement le thé. Cette insuffisance culturelle renforçait sa fierté d'appartenir à l'indépassable Royaume-Uni.

Tous les voyages à l'étranger accomplis par lady Keepton aboutissaient à cette conclusion. Dans sa vision du monde, il y avait les Anglais et les autres. Aussi ne comprenait-elle pas pourquoi son fils chéri avait jeté son dévolu sur une étrangère, une Française du Sud, presque une moricaude, au lieu de choisir, conformément au bon sens et aux convenances, une sujette de Sa Gracieuse Majesté.

Tout cela l'embrouillait un peu, sans émousser la pointe de curiosité qui l'avait poussée à accompagner son fils à Hyères. Sous ce climat, fait de contrastes, elle comprenait mieux, et acceptait avec une certaine indulgence, les résolutions de John.

Elle avait différé la rencontre prévue avec Marion, non pour gagner du temps, ce qui n'aurait eu aucun sens, mais pour jouir davantage de sa solitude dans un lieu où on la respectait. Elle n'avait pas eu besoin d'expliquer cela à John. Leurs caractères se ressemblaient assez. Il avait compris et acquiescé.

« Vous verrez, maman, elle est tout à fait charmante. »

Vers dix-sept heures, Victor Geoffroy, informé de l'arrivée de Meryl Keepton, vint présenter ses civilités. Le directeur des *Echos d'Hyères* avait beaucoup d'amitié pour elle et pour Richard. Il espérait aussi glaner quelques tuyaux pour son journal. Les lecteurs se passionnaient pour les potins qui assaisonnaient ses colonnes.

— On ne vous a pas vus l'an dernier, regretta-t-il. John est venu seul.

— Richard a eu beaucoup de travail et il a été très malade. Nous ne pouvions pas faire le voyage dans ces conditions.

— Rien de grave ?

— Non. Il a trop respiré de *fog* et a eu du mal à s'en

remettre. Richard est un très mauvais malade. Il critique les médecins et refuse de se soigner. Il a un sens très particulier de la thérapeutique. Voyez-vous, un verre de bon whisky vaudrait mieux qu'un fatras de pilules, selon lui.

— Resterez-vous plusieurs jours ?

— Hum ! dit-elle mystérieusement. Le temps de régler quelques affaires.

— Des affaires ? A Hyères ? s'étonna-t-il.

— Parfaitement, cher ami. Demandez plutôt à John. Mon fils a des projets. Il vous en parlera mieux que je ne saurais le faire.

Meryl Keepton proposa une « *nice cup of tea* ». Victor accepta, bien qu'il détestât ce breuvage. Par politesse. Et ils continuèrent à deviser aimablement jusqu'à l'arrivée de John.

John Keepton n'avait pas perdu son temps. Il avait suivi les indications fournies par Marion et visité divers terrains pouvant l'intéresser. Il voulait une bonne situation, à proximité de la ville, une superficie suffisante pour réaliser son projet, une belle vue. Il en avait retenu trois qui satisfaisaient ces exigences. L'un se situait à la sortie de Hyères, sur la route de Toulon, le deuxième au bord du Gapeau, le troisième au bas de la colline de Costebelle. Sa préférence allait à ce dernier. Il ne fallait cependant pas se précipiter. John se donnait le temps de la réflexion. D'autres occasions pouvaient se présenter avant qu'il ait pris sa décision.

L'affaire était lancée. L'exaltation s'emparait de lui. Les idées se bousculaient dans sa tête. Mais la raison reprenait vite le dessus. Le flegme, un instant perturbé, calmait le jeu. John savait que le projet le mobiliserait pendant plusieurs mois. La route était semée d'obstacles. Il avait besoin d'un bon architecte et d'un entrepreneur fiable. Il éprouvait quelque méfiance envers les locaux. Leur réputation ne plaidait pas en leur faveur. Ils pratiquaient des prix excessifs, manquaient de parole, ne se tuaient pas au travail. John se demandait s'il n'aurait pas avantage à solliciter des maçons piémontais. D'un autre côté, s'il agissait ainsi, ne mécontenterait-il pas les Méridionaux ?

Il ne se souciait guère de leur opinion, puisqu'il attendait une clientèle étrangère. Néanmoins, il serait obligé de recruter du personnel sur place et il avait à cœur de s'intégrer et de participer à la vie hyéroise, tout en sachant qu'on ne l'accepterait jamais. Transplanter un Anglais dans cette terre et prétendre le transformer en Provençal, c'était pure illusion. Les gens d'ici se moqueraient toujours de ses manières et de son accent. Ils ne comprendraient rien à son humour. Malgré ses efforts pour s'initier à la gastronomie locale, ils critiqueraient ironiquement ses habitudes alimentaires. Il pourrait pourtant compter sur Marion pour tempérer les réactions. Elle, du moins, était une enfant du pays. Personne ne contestait ses racines.

En entrant au Grand Hôtel d'Albion, John aperçut Victor Geoffroy en conversation avec sa mère.

— Je vous attendais, dit celui-ci.

— J'ai informé notre ami de tes projets, dit Meryl Keepton. Sans entrer dans le détail, évidemment.

— Je brûle d'en savoir davantage, intervint le journaliste.

— Hum ! fit John. J'aimerais ne pas divulguer les choses. C'est trop tôt.

— Oh ! se récria Victor, avec une mine faussement offensée. Je retiendrai l'information. Vous avez ma parole.

— Demander à un journaliste de ne pas diffuser ce dont il a connaissance, sourit John, équivaut à demander à un scaphandrier de nager la brasse !

— *Les Echos d'Hyères* est un journal honnête et sans reproche. Je suis capable d'un tel exploit, assura Victor Geoffroy.

21

Ce qui doit s'accomplir finit toujours par s'accomplir. « C'était écrit », affirment les bonnes gens qui croient impossible de maîtriser le destin et que la fatalité règne sur toute vie. En général, on évoque ces principes en cas d'accident, de malheur, de rupture, de déchéance. Ils sont aussi valables pour le bonheur, le succès, la réussite. L'évolution des relations sentimentales entre John et Marion captivait Albertine Galliari. Elle en suivait les phases avec un intérêt constant. Elle passait par diverses émotions, comme si elle était directement impliquée. En fait, elle l'était, dans la mesure où, par sa présence, son soutien moral, ses conseils, elle encourageait Marion.

Les ressorts de l'âme humaine sont étranges. Il semblait à Albertine, qui n'avait pas particulièrement réussi sa vie, qu'elle prenait une revanche par personne interposée. Le bonheur de Marion rejaillissait sur elle. L'ambition de la jeune femme, sa pugnacité, son optimisme, son inébranlable confiance en elle éveillaient chez Albertine des sentiments qu'elle reportait sur sa protégée. Comme elle n'attendait rien pour elle, Marion représentait un peu son œuvre.

Les dernières nouvelles étaient bonnes. Elles ne dissipaient pas encore l'inquiétude mais auguraient bien de l'avenir. La présentation de Marion à lady Keepton, sans être chaleureuse, avait été courtoise. Les deux femmes se jaugeaient. La présence de John, qui se tenait prêt à intervenir au moindre incident, facilita l'entretien. Sa situation d'intercesseur et d'arbitre entre les deux êtres qu'il aimait le plus au monde ne laissait pas d'être inconfortable. Il estima que cette première rencontre s'était bien déroulée. Sa mère, réputée pour avoir la dent dure, s'était retenue de toute remarque désobligeante. Ce qui constituait un exploit, l'ironie étant, après l'équitation, le sport favori de Meryl.

Quand, impatient de connaître son opinion, John avait demandé « Alors, quel est votre sentiment ? », lady Keepton s'était contentée d'un énigmatique sourire et d'un « Tu n'as pas mauvais goût ».

Ce jugement représentait une avancée considérable. Il en informa Marion, qui se trouva libérée d'un grand poids. John l'incita à profiter de ces heureuses dispositions.

— Nous sommes en bonne voie. Tu dois la séduire, insista John qui, quelques jours auparavant, n'aurait osé espérer des présentations aussi faciles.

— Je veux rester naturelle et ne rien déguiser de ma personne, répliqua Marion. Il ne serait pas honnête de mentir à ta mère. Cela se retournerait contre moi. Je n'endosserai pas les habits d'une autre. Je veux me montrer telle que je suis, avec mes qualités et mes faiblesses.

— Agis comme tu le sens, dit John.

— Ta mère connaît mes origines. Elle sait que je suis la fille d'un simple saunier et que nous sommes pauvres. Crois-tu qu'elle ne s'apercevrait pas de la manœuvre ? Comment me jugerait-elle après cette supercherie ? Nous nous heurterions à son hostilité. Elle entraînerait inévitablement celle de ton père. Notre rêve s'effondrerait.

John se rangea à son avis. Il protesta néanmoins : même dans ces conditions, il l'épouserait. Marion répondit d'une moue dubitative avant d'ajouter :

— Ne te monte pas la tête. Sans l'accord de tes parents, tu ne pourras rien faire. Et si, malgré tout, tu persistes, si tu passes outre, un jour ou l'autre tu me le reprocheras.

— Voyons ! Tu n'es pas sérieuse ?

— Si. Je suis lucide et raisonnable. Je t'aime, John. Mais cela ne m'empêche pas de voir la réalité comme elle est. Tu sais, dans ma famille, on n'a pas le droit de rêver. La vie est trop dure pour qu'on pense à autre chose qu'à l'essentiel.

Il la prit dans ses bras. La regarda en souriant, droit dans les yeux, comme s'il sondait son âme.

— Moi, dit-il, je t'apprendrai à rêver.

Alban, Marius et Auguste se réjouissaient de la guérison d'Eugène. Celui-ci se levait maintenant normalement. Il marchait sans l'aide d'une canne. Des marques de son accident subsistaient, surtout celles qu'on ne voyait pas. Il n'en parlait à personne, pas même à ses amis. Sidonie le devinait mais se gardait d'y faire allusion. Eugène entrerait dans une colère folle si elle l'amenait à parler contre son gré.

Marion était assez fine pour prendre conscience du désarroi intérieur de son père. Mais cela se produisait au moment où son avenir était en jeu. Non sans égoïsme, elle se préoccupait avant tout d'elle-même. Les histoires de parents passaient au second plan. Elle n'était pratiquement jamais à la maison.

Sidonie l'épiait. Rien ne filtrait des secrets de Marion. Avec habileté, elle laissait ses parents dans l'ignorance. Elle s'entourait de précautions pour qu'ils ne découvrent pas sa liaison avec John Keepton. Ils l'auraient gênée. Ses ambitions étaient si éloignées de leur quotidien qu'elles semblaient incroyables, chimériques, hors de portée. Elle était cependant sur le point de les satisfaire. Elle préférait se confier à madame Galliari, qui la comprenait et l'encourageait.

« Une occasion pareille ne se représentera pas, ça vaut le coup de prendre le risque, s'excitait la fleuriste. Va, ma fille ! Ne t'occupe que de ton bonheur. »

Elle ajoutait, d'un ton sentencieux :

« La fortune ne présente jamais deux fois le même plat. N'hésite pas. Celui-ci est en or massif. »

Marion se réjouissait de sa chance. Elle devait s'en montrer digne. Le meilleur moyen consistait en la sincérité. Elle devait faire en sorte que lady Keepton ne voie pas en elle une intrigante, mais une femme profondément éprise de John. C'était exactement ce qui se produisait. Meryl découvrait les qualités de cette Cendrillon provençale.

Qu'auraient pensé de cette connivence Eugène et Sidonie ? Marion ne s'en souciait guère. Elle abandonnait ses parents à la compagnie de leurs amis et filait rejoindre John, en ville ou au bord de la mer.

Les soirées apéritives avaient repris chez les Figuières. Eugène avait retrouvé en même temps l'usage de ses jambes et celui de sa tête. Il débouchait une bouteille de vin d'orange confectionnée par Sidonie. Ils la vidaient jusqu'à la dernière goutte, en mangeant des olives.

Cette fois-là, Marius, toujours au courant de tout, dit :

— Vous savez, le journaliste qui est venu enquêter du temps de Devignol...

— Celui qui a fait tant de mal ? coupa Alban.

— Parfaitement. Comment s'appelait-il déjà ?

— Prosper Flandésie.

— C'est ça. Une racaille. Un fouille-merde. Sans ses papiers, Jean-Baptiste Devignol ne serait pas tombé. Tout au moins, pas aussi vite. En tout cas, il est de retour.

— Que vient-il faire ? demanda Eugène, qui avait suivi l'affaire de loin.

— L'assassin revient toujours sur les lieux du crime, ricana Alban.

— Est-il retourné aux Salins ?

— Oui. C'est bizarre. Il venait voir Victor Cambusac, dit Marius. Ils se sont enfermés deux heures dans le bureau du patron.

— Ils se connaissaient ? demanda Eugène.

— Faut croire. Ils avaient l'air de bien s'entendre.

Ils burent un moment en discutant des mérites respectifs du vin d'orange, du vin de noix et du vin de citron. La visite inopinée du journaliste de *L'Essor gaulois* continuait d'occuper l'esprit d'Auguste. Il ne s'agissait pas d'une coïncidence. Le Prosper en question ne débarquait pas pour un nouveau reportage ou pour passer quelques jours de villégiature.

— Cette histoire n'est pas nette, observa-t-il.

— Quelle histoire ? firent les autres, qui n'y pensaient déjà plus.

— La visite de Flandésie à Cambusac, pardi ! Je flaire un coup fourré.

— Ne t'en mêle pas, recommanda Eugène. Les problèmes des patrons ne sont pas les nôtres.

— Oui, mais ce Cambusac, moi, je m'en méfie. Il mijote quelque chose qui ne sent pas bon.

— Laisse tomber ! dit Alban, qui partageait l'avis d'Eugène. Nous sommes des ouvriers. Nous n'avons rien à gagner là-dedans.

Meryl Keepton interrompit son séjour au bout d'un mois. Elle avait vérifié la sincérité et la force des sentiments de John envers Marion. Elle avait surmonté ses préjugés afin de mieux connaître la jeune femme. Arrivée sur ses gardes, elle repartait rassurée. Elle appréciait celle qu'elle surnommait initialement « la sauvageonne ». Après tout, se disait-elle avec philosophie, John ne sera ni le premier ni le dernier à passer la bague au doigt d'une fille du peuple.

Elle en arrivait à la conclusion que, dans ces conditions, mieux valait célébrer le mariage dans les meilleurs délais. La question de la période de fiançailles ne se posait pas puisque les futurs époux s'accordaient pour négliger les usages. Ils désiraient vivre ensemble sans tarder. John voulait investir dans son hôtel. L'entreprise mobiliserait son temps et son énergie.

Lady Keepton, John et Marion arrêtèrent les modalités. En fait, Marion acquiesçait sans discuter. Elle accepterait tout pour hâter son union avec John. Jusqu'au dernier moment, elle tremblerait qu'un incident l'empêchât.

Le mariage serait célébré à Londres, au mois de mars 1913, dans la plus stricte intimité. Marion ferait le voyage en compagnie de John. La présence des Figuières, inopportune, n'avait pas été évoquée.

Les Keepton acceptaient Marion, pas sa famille. C'était le maximum de ce qu'ils pouvaient concéder. Encore leur approbation relevait-elle du miracle. John, soulagé, avait modéré Marion. Contester aurait eu pour effet de compromettre leur avenir. S'opposer à lady Meryl reviendrait à rompre définitivement avec la famille Keepton. John ne pouvait se le permettre.

— Et ton père ? s'inquiéta Marion. Comment va-t-il réagir ? Tu n'en as pas parlé avec lui.

— Richard se rangera à l'avis de sa femme.

— Il ne viendra pas à Hyères avant la date du mariage ?

— Non. Il est trop occupé. Tu feras sa connaissance à Londres.

— J'ai très peur.

— Allons ! Père n'est pas un ogre.

Après le départ de lady Keepton, John déploya une intense activité. Il choisit le terrain le mieux adapté à son projet. Costebelle aurait convenu. Mais trois palaces occupaient déjà le site : le Grand Hôtel d'Albion, où il séjournait, l'hôtel de l'Ermitage et l'hôtel de Costebelle. En ajouter un quatrième eût été déraisonnable.

L'emplacement sur la route de Toulon présentait le plus d'avantages, à cause de la proximité de l'agglomération et de la gare. La clientèle pourrait facilement se rendre au casino. La superficie étant relativement limitée, le coût était abordable. Il signa un compromis avec le propriétaire.

Ensuite, il se mit en quête d'un architecte. Plusieurs ne répondirent pas à son attente. Certains tentèrent de proposer autre chose que ce qu'il voulait. Le Long Beach ne devait pas être trop grand, mais confortable et raffiné. La mode des bains de mer commençait à se répandre et John, avec un flair de prophète, croyait que l'avenir favoriserait la période estivale. On traversait une époque transitoire. Les hivernants continueraient de venir en villégiature, comme auparavant, tandis que d'autres céderaient à l'attrait du soleil et du ciel d'azur.

John manda de Paris un architecte renommé, sur le conseil d'un ami. Pierre Guignebet se mit immédiatement au travail. Il proposa à John des plans qui lui convinrent. Marion demeurait perplexe face à cet enchevêtrement de traits, de chiffres, auquel elle ne comprenait rien. Elle ne concevait pas l'édifice à partir des épures et admirait John de lire cela avec l'œil d'un professionnel.

Le choix de l'entrepreneur s'avéra plus délicat. Afin d'éviter les erreurs, John Keepton sollicita l'aide de Victor Geoffroy, qui dénicha l'oiseau rare.

Epilogue

Le mariage de John Keepton et Marion Figuières se déroula comme convenu, à Londres, au mois de mars 1913, dans la plus stricte intimité. Auparavant, le couple avait fait étape à Paris. John voulait doter Marion d'une garde-robe conforme à son rang. La jeune femme allait d'émerveillement en émerveillement. Elle flottait sur un nuage. Le rêve continuait. Dans un instant, elle se réveillerait. Elle retomberait durement sur terre. Mais non, elle voyait, elle touchait, elle sentait. Elle découvrait le monde.

John s'amusait de ses réactions naïves. Il veillait à ne pas déstabiliser sa future épouse. Elle avait tant de choses à apprendre en si peu de temps. Elle se comportait mieux qu'il ne l'avait prévu. Elle manifestait une capacité d'adaptation surprenante. Tout se déroulait comme si Marion, guidée par un instinct très sûr, était prédestinée à évoluer dans la société qui serait désormais la sienne. C'était le fruit du caractère qu'elle s'était forgé, des rêves caressés depuis tant d'années, des folles ambitions nourries depuis son enfance.

Après Paris, Londres lui parut terne. Elle débarqua sous un ciel de plomb. Une épaisse brume flottait sur la Tamise, où glissaient des formes obscures. Alors qu'elle s'apprêtait à épouser l'homme de sa vie, la mélancolie lui collait à l'âme comme de la suie.

John lui fit visiter la ville, les places, les monuments, Trafalgar Square, Tower Bridge, Westminster, le palais de Buckingham. Il l'entraîna au cœur de la City, orgueil de l'Angleterre. Elle simulait l'admiration, à la grande satisfaction de John qui adorait son pays natal et sa reine.

En fait, pour la jeune femme, cette magnificence guindée ne valait pas un rayon de soleil sur la plage de Porquerolles. Au bout de quelques jours, elle souffrit d'une fringale de ciel bleu.

Elle logeait dans l'hôtel particulier des Keepton, dans le quartier de South Kensington. Elle fit enfin la connaissance de Richard Keepton, gros homme imposant, teint rosé, favoris frisés, regard bleu d'acier. Il fut poli. John traduisit que son père l'accueillait volontiers. Elle avait fait bonne impression. Marion en conclut qu'elle devait s'attendre à de permanentes surprises. Ici, elle devrait apprendre à traduire. L'aide de John ne serait pas inutile. Néanmoins, elle serait toujours à la merci d'un contresens.

Le jeune couple demeura deux mois en Angleterre. Deux mois qui parurent à Marion une éternité. Par amour pour John, elle faisait des efforts considérables pour ne pas détonner. Elle qui bouillonnait de vie, elle apprit la réserve, la distance, la discrétion. On lui cousait un corset sur le corps. Elle s'en libérait le soir, dans la chambre, lorsque John lui faisait l'amour et qu'elle criait de plaisir. Là, elle redevenait elle-même, ardente et spontanée.

L'atmosphère londonienne étouffait Marion. Malgré son bonheur, elle dépérissait. Elle n'avait qu'une hâte, reprendre le bateau, traverser la Manche, redescendre dans le Midi. Une fois à Hyères, elle se retrouverait. Elle comptait les jours qui la séparaient du départ. Elle savait maintenant pourquoi, à la mauvaise saison, des cohortes d'Anglais descendaient réchauffer leurs os sur la Côte d'Azur.

De retour à Hyères, John et Marion s'installèrent au Grand Hôtel d'Albion. Les travaux du Long Beach n'étaient pas achevés.

— Monsieur Keepton, ne vous inquiétez pas, promit l'architecte. C'est un chantier important. Je m'engage à vous livrer au mois de décembre. Vous fêterez Noël chez vous.

— Mettez tous les moyens en œuvre pour tenir les délais.

— Comptez sur moi. Nous ferons le maximum. Vous avez ma parole.

Marion retrouva ses parents au cours d'une scène épouvantable qui la laissa brisée. Elle se jura de ne plus les voir. Elle s'était préparée à ces retrouvailles, avec l'idée qu'elle arrangerait les choses. Ses parents l'aimaient assez pour se réjouir de son bonheur. Au lieu de cela, elle était tombée en plein drame. Les larmes aux yeux, elle avait claqué la porte.

Elle avait beaucoup à raconter à Albertine Galliari, et cela la soulagea. La fleuriste écouta son récit avec avidité. Elle ne cessait de poser des questions ! Elles en eurent pour des heures et des heures à bavarder.

— Tu vis un vrai conte de fées, s'extasia son ancienne patronne, qui conservait un fond d'innocence.

Les Figuières, reniés, ne digéraient pas le mariage de leur fille célébré sans eux. Mortifiés, ils se repliaient sur leur territoire des salins, ne recevant que des amis intimes capables d'écouter leurs doléances et de partager leur indignation.

— Elle a honte de nous, se lamentait Sidonie, humiliée. Quelle ingratitude !

Eugène haussait les épaules.

— Pourvu qu'elle soit heureuse ! Mieux vaut vivre dans un château que dans une masure. Notre existence s'achève. Qu'avons-nous à attendre de la vie ?

Marion aurait voulu discrètement leur venir en aide. Ils avaient leur fierté. L'argent de leur fille leur aurait brûlé les doigts. Ils ne l'avaient pas gagné.

John Keepton suivait l'avancement des travaux avec satisfaction. Il allait souvent sur le chantier. Il s'entretenait avec l'architecte. Il ne restait pas inactif. Il fallait recruter du personnel, trouver des fournisseurs. Sur ce point, Marion apporta son aide. Elle connaissait les meilleurs producteurs du pays, chez qui elle avait parfois travaillé.

Un jour, Eugène se trouvait en grande discussion avec ses trois compères, Alban, Marius et Auguste. Ce dernier accusait un air grave.

— Les ouvriers s'organisent, dit-il. Mais ce n'est pas assez. Nous ne représenterons une force que si nous sommes unis.

Il avait adhéré à la CGT, créée en 1895. Le syndicat se prévalait de sept cent mille membres. Auguste discourait sur ses thèmes favoris : profit, affameurs du peuple, lutte des classes, appropriation des moyens de production... Ce catéchisme teinté de marxisme élémentaire lui valait, selon ses interlocuteurs, une réputation d'intellectuel ou de révolutionnaire.

— Les nouvelles ne sont guère bonnes, soupira Marius. Tous ces gens qui veulent la revanche m'inquiètent.

— Ce sont des patriotes, intervint Eugène.

— Des irresponsables qui ne voient pas plus loin que le bout de leur nez, trancha Auguste. Si on les laisse faire, ils nous conduiront au bord du gouffre.

— Heureusement, il y a Jaurès, fit Alban.

Ils hochèrent la tête d'un même mouvement. Ce nom leur inspirait un profond respect.

Auguste leva les yeux au ciel, ce qui, pour un syndicaliste de son acabit, ne manquait pas de piquant.

— Sera-t-il un rempart suffisant contre les appétits de Guillaume ? Le roi de Prusse se sent à l'étroit dans ses frontières.

— Il grossit. Il mange trop, ironisa Alban.

— Ne prends pas ces choses à la légère. Nul ne sait de quoi demain sera fait.

— Nous pouvons toujours compter sur tes camarades, le provoqua Eugène.

De semblables bruits alarmants circulaient en ville. Albertine Galliari les communiqua à Marion. Celle-ci s'en ouvrit à John.

— Tu n'as pas à t'inquiéter, la rassura-t-il. Au contraire, on assiste à une reprise économique très encourageante. C'est très bon pour nous. On observe bien des mouvements ouvriers ici ou là, mais aucune menace réelle.

— Il y a pourtant des gens qui veulent la guerre, insista-t-elle.

— Bah ! quelques excités, des patriotes déçus... Il y en a toujours eu. Rassure-toi, *my dear*, la paix est bien installée. C'est excellent pour les affaires.

L'architecte tint parole. Il livra l'hôtel Long Beach à la fin du mois de novembre 1913. John pouvait compter sur l'aide de Victor Geoffroy. Celui-ci publia deux articles sur le sujet dans son journal. Une interview et un papier général. L'initiative ne manquait pas d'intérêt puisqu'il comptait de nombreux abonnés à l'étranger. Il existait en partie grâce à eux. Comme le tourisme était en plein essor, les patrons des autres hôtels accueillirent leur nouveau confrère sans faire grise mine. Beaucoup le connaissaient. Il avait été client de certains établissements.

John et Marion fêtèrent Noël chez eux, conformément aux prédictions de l'architecte. Entre-temps, ils s'occupèrent d'acheminer le matériel, les denrées, de recevoir les chambrières, les réceptionnistes, les cuisiniers, les chasseurs, bref, toutes les troupes sur le pied de guerre en vue de l'inauguration : l'hôtel Long Beach ouvrirait officiellement début janvier 1914. John se félicitait de recevoir déjà des réservations. Dès la première année, il connaîtrait le succès.

Il envoya à ses parents une lettre enthousiaste. Meryl Keepton répondit par des vœux et des encouragements. Signe particulièrement favorable, Richard ajouta quelques lignes manuscrites et signa. La chance souriait aux nouveaux époux.

John prit Marion dans ses bras et la serra très fort contre lui.

— Tu vois, *my dear*, nous y sommes arrivés. A présent, nous tentons une nouvelle aventure. Est-ce que tu te sens prête à l'affronter ?

— Avec toi, oui.

Le temps s'inscrit à deux horloges différentes. Il ne s'écoule pas toujours au même rythme pour les individus et les nations. Parfois, il s'accélère. On n'a plus aucune prise sur lui. Il devient fou. Personne, ou presque, n'en ressent d'abord les menaçantes vibrations. Puis, brusquement, tout s'enchaîne. Avec une rapidité qui prend au dépourvu, la violence fait voler en éclats certitudes et illusions. Elle s'enfle et déferle sur le monde avec la puissance ravageuse d'un raz de marée.

Les journaux assenèrent le premier coup en annonçant l'assassinat de l'archiduc d'Autriche François-Ferdinand. L'héritier du trône et son épouse tombèrent, le 28 juin 1914, à Sarajevo, sous les balles de Gavrilo Prinzip, membre de la société secrète la Main noire. Les Balkans s'embrasèrent.

Le samedi 1er août, *L'Humanité* titra en première page « Jaurès assassiné ». L'éditorialiste écrivait : « A la minute où il fut ainsi mortellement frappé, il s'entretenait avec nous des événements si graves qui acculent l'Europe à une catastrophe sans précédent dans l'histoire. Il cherchait à écarter l'horrible, le terrifiant péril. » En quelques jours, par le jeu des alliances et des rivalités d'intérêts, l'engrenage que Jaurès espérait arrêter allait entraîner tous les pays européens dans l'abîme.

En ces jours de l'été 1914, l'hôtel Long Beach affichait complet. Marion avait rapidement appris son nouveau métier d'hôtelière et se plaisait véritablement dans ce rôle. Elle déployait une activité surprenante.

Elle ne lisait pas les journaux. Elle avait trop à faire. Les nouvelles lui parvenaient vaguement, à l'occasion des conversations, filtrées par l'opinion publique qui commençait à s'émouvoir sérieusement après le traumatisme causé par la mort de Jaurès. Pourtant, parmi la clientèle étrangère, plusieurs personnes avaient interrompu leur séjour pour rentrer dans leur pays.

John se voulait rassurant :

— Ce n'est qu'une crise. Inutile de s'affoler. Je crois au bon sens des hommes, à leur bonne volonté.

Le 3 août 1914, l'Angleterre et la France déclaraient la guerre à l'Autriche et à l'Allemagne, laquelle venait d'envahir la Pologne.

Dans la salle de restaurant du Long Beach se déroulait le ballet des serveurs impassibles. Cependant que parmi les convives attablés commençait à s'élever une étrange rumeur, les hurlements des sirènes déchirèrent l'air. Il sembla à Marion que le soleil se voilait et qu'une brume de sang obscurcissait définitivement l'azur.

Bibliographie sommaire

BOREL Vincent, *Autour des salins à Hyères, vers 1900* (La Rosalba, Giens)

BOUDET Gérard, *La Renaissance des salins du midi de la France au XIXe siècle* (SIN)

JACQUEMIN Odile, *Une ville en images, Hyères-les-Palmiers* (Mémoire à lire, territoire à l'écoute)

JACQUEMIN Odile et BERRO Catherine, *Territoires littéraires des îles à la ville – Hyères-les-Palmiers* (Mémoire à lire, territoire à l'écoute)

ROUX Gustave, *Pages d'histoire d'Hyères*

PRODUCTION JEANNINE BALLAND
Romans « Terres de France »

Jean Anglade
Un parrain de cendre
Le Jardin de Mercure
Y a pas d'bon Dieu
La Soupe à la fourchette
Un lit d'aubépine
La Maîtresse au piquet
Le Saintier
Le Grillon vert
La Fille aux orages
Un souper de neige
Les Puysatiers
Dans le secret des roseaux
La Rose et le Lilas
Avec le temps...
L'Ecureuil des vignes
Une étrange entreprise
Sylvie Anne
Mélie de Sept-Vents
Le Secret des chênes
La Couze
Ciel d'orage sur Donzenac
La Maîtresse du corroyeur
Un horloger bien tranquille
Jean-Jacques Antier
Autant en apporte la mer
Marie-Paul Armand
La Poussière des corons
Le Vent de la haine
Le Pain rouge
La Courée
tome I *La Courée*
tome II *Louise*
tome III *Benoît*
La Maîtresse d'école
La Cense aux alouettes
Nouvelles du Nord
L'Enfance perdue
Un bouquet de dentelle
Au bonheur du matin
Le Cri du héron
Victor Bastien
Retour au Letsing
Henriette Bernier
L'Enfant de l'autre
L'Or blanc des pâturages
Françoise Bourdon
La Forge au Loup
La Cour aux paons
Le Bois de lune
Le Maître ardoisier
Les Tisserands de la Licorne
Patrick Breuzé
Le Silence des glaces
Nathalie de Broc
Le Patriarche du Bélon
Annie Bruel
La Colline des contrebandiers
Le Mas des oliviers
Les Géants de pierre
Marie-Marseille
Jean du Casteloun
Les Amants de Malpasset
Michel Caffier
Le Hameau des mirabelliers
La Péniche Saint-Nicolas
Les Enfants du Flot
La Berline du roi Stanislas
La Plume d'or du drapier
Jean-Pierre Chabrol
La Banquise
Alice Collignon
Un parfum de cuir
Didier Cornaille
Les Labours d'hiver
Les Terres abandonnées
La Croix de Fourche
Etrangers à la terre
L'Héritage de Ludovic Grollier
L'Alambic
Georges Coulonges
Les Terres gelées

La Fête des écoles
La Madelon de l'an 40
L'Enfant sous les étoiles
Les Flammes de la Liberté
Ma communale avait raison
Les blés deviennent paille
L'Eté du grand bonheur
Des amants de porcelaine
Le Pays des tomates plates
La Terre et le Moulin
Les Sabots de Paris
Les Sabots d'Angèle
La Liberté sur la montagne
Yves Courrière
Les Aubarède
Anne Courtillé
Les Dames de Clermont
Florine
Dieu le veult
Les Messieurs de Clermont
L'Arbre des dames
Le Secret du chat-huant
Paul Couturiau
En passant par la Lorraine
Annie Degroote
La Kermesse du diable
Le Cœur en Flandre
L'Oubliée de Salperwick
Les Filles du Houtland
Le Moulin de la Dérobade
Les Silences du maître drapier
Le Colporteur d'étoiles
La Splendeur des Vaneyck
Alain Dubos
Les Seigneurs de la haute lande
La Palombe noire
La Sève et la Cendre
Le Secret du docteur Lescat
Marie-Bernadette Dupuy
L'Orpheline du bois des Loups
Les Enfants du Pas du Loup
Elise Fischer
Trois Reines pour une couronne
Les Alliances de cristal
Mystérieuse Manon
Le Soleil des mineurs
Laurence Fritsch
La Faïencière de Saint-Jean
Alain Gandy
Adieu capitaine
Un sombre été à Chaluzac
L'Enigme de Ravejouls
Les Frères Delgayroux
Les Corneilles de Toulonjac
L'Affaire Combes
Les Polonaises de Cransac
Le Nœud d'anguilles
L'Agence Combes et Cie
Suicide sans préméditation
Gérard Georges
La Promesse d'un jour d'été
Les Bœufs de la Saint-Jean
Michel Hérubel
La Maison Gelder
La Falaise bleue
Tempête sur Ouessant
Le Démon des brumes
Denis Humbert
La Malvialle
Un si joli village
La Rouvraie
La Dent du loup
L'Arbre à poules
Les Demi-Frères
La Dernière Vague
Yves Jacob
Marie sans terre
Les Anges maudits de Tourlaville
Les blés seront coupés
Hervé Jaouen
Que ma terre demeure
Au-dessous du calvaire
Guillemette de La Borie
Les Dames de Tarnhac
Jean-Pierre Leclerc
Les Années de pierre
La Rouge Batelière
L'Eau et les jours
Les Sentinelles du printemps

Hélène Legrais
Le Destin des jumeaux Fabrègues
La Transbordeuse d'oranges
Louis-Jacques Liandier
Les Gens de Bois-sur-Lyre
Les Racines de l'espérance
Jean-Paul Malaval
Le Domaine de Rocheveyre
Les Vignerons de Chantegrêle
Jours de colère à Malpertuis
Quai des Chartrons
Les Compagnons de Maletaverne
Le Carnaval des loups
Les Césarines
Grand-mère Antonia
Dominique Marny
A l'ombre des amandiers
La Rose des Vents
Et tout me parle de vous
Pascal Martin
Le Trésor du Magounia
Louis Muron
Le Chant des canuts
Henry Noullet
La Falourde
La Destalounade
Bonencontre
Le Destin de Bérengère Fayol
Le Mensonge d'Adeline
L'Evadé de Salvetat
Les Sortilèges d'Agnès d'Ayrac
Michel Peyramaure
Un château rose en Corrèze
Les Grandes Falaises
Frédéric Pons
Les Troupeaux du diable
Les Soleils de l'Adour
Jean Siccardi
Le Bois des Malines
Les Roses rouges de décembre
Le Bâtisseur de chapelles
Le Moulin de Siagne
Un parfum de rose
La Symphonie des loups
Jean-Michel Thibaux
La Bastide blanche
Le Secret de Magali
La Fille de la garrigue
La Colère du mistral
L'Homme qui habillait les mariées
La Gasparine
L'Or des collines
Le Chanteur de sérénades
Jean-Max Tixier
Le Crime des Hautes Terres
La Fiancée du santonnier
Le Maître des roseaux
Brigitte Varel
Un village pourtant si tranquille
Les Yeux de Manon
Emma
L'Enfant traqué
Le Chemin de Jean
L'Enfant du Trièves
Le Déshonneur d'un père
Blessure d'enfance
Louis-Olivier Vitté
La Rivière engloutie
Colette Vlérick
La Fille du goémonier
Le Brodeur de Pont-l'Abbé
La Marée du soir
Le Blé noir

Récits « Terres de France »

Albine Novarino
George Sand ou l'Amour du Berry

Collection « Sud Lointain »

Sylvie Anne
L'Appel de la pampa
Jean-Jacques Antier
Le Rendez-vous de Marie-Galante
Marie-Galante, La Liberté ou la Mort
La Dame du Grand-Mât
Erwan Bergot
Les Marches vers la gloire
Sud lointain
tome I *Le Courrier de Saïgon*
tome II *La Rivière des parfums*
tome III *Le Maître de Bao-Tan*
Rendez-vous à Vera-Cruz
Mourir au Laos
Jean Bertolino
Chaman
Fura-Tena
Anne Courtillé
Le Mosaïste de Constantinople
Paul Couturiau
Le Paravent de soie rouge
Le Paravent déchiré
L'Inconnue de Saigon
Les Amants du fleuve Rouge
Alain Dubos
Acadie, terre promise
Retour en Acadie
La Plantation de Bois-Joli
Hubert Huertas
L'Orque de Magellan
Hervé Jaouen
L'Adieu au Connemara
Eric Le Nabour
Orages sur Calcutta
Sonia Marmen
La Vallée des larmes
Dominique Marny
Du côté de Pondichéry
Les Nuits du Caire
Cap Malabata
Juliette Morillot
Les Orchidées rouges de Shanghai
Michel Peyramaure
Le Pays du Bel Espoir
Bernard Simonay
Les Tigres de Tasmanie
La Dame d'Australie
Jean-Michel Thibaux
La Fille de Panamá
Tempête sur Panamá
La Pyramide perdue
Colette Vlérick
Le Domaine du belvédère

Romans

Alain Gandy
Quand la Légion écrivait sa légende
Hubert Huertas
Nous jouerons quand même ensemble
La Passagère de la « Struma »
Denis Humbert
Un été d'illusions
Michel Peyramaure
Les Tambours sauvages
Pacifique Sud
Louisiana
Le Roman de Catherine de Médicis
Jean-Michel Thibaux
Le Roman de Cléopâtre

Composition : Facompo, Lisieux

Achevé d'imprimer sur les presses de

BUSSIÈRE

GROUPE CPI

à Saint-Amand-Montrond (Cher)
en juillet 2005
pour les Presses de la Cité
12, avenue d'Italie
75013 Paris

N° d'édition : 7287. — N° d'impression : 052877/1.
Dépôt légal : août 2005.

Imprimé en France